KB155662

대리운전 대리인생

대리운전 대리인생

초판 1쇄 인쇄일 _ 2008년 4월 15일
초판 1쇄 발행일 _ 2008년 4월 25일

지은이 _ 경무
펴낸이 _ 최길주

펴낸곳 _ 도서출판 BG북갤러리
등록일자 _ 2003년 11월 5일(제318-2003-00130호)
주소 _ 서울시 영등포구 여의도동 14-5 아크로폴리스 406호
전화 _ 02)761-7005(代) ㅣ 팩스 _ 02)761-7995
홈페이지 _ http://www.bookgallery.co.kr
E-mail _ cgjpower@yahoo.co.kr

값 10,000원

* 잘못된 책은 바꾸어 드립니다.

ISBN 978-89-91177-57-4 03810

'밤길 위의 인생'이 본 또 다른 세상풍경

대리운전 대리인생

경무 지음

북갤러리

머리말

막상 글을 쓰려고 마음을 정하고 나니 어디에서부터 손을 대야 할지 막막하다. 지식이나 경험이 없는 탓에, 그리고 졸필로 인해 타인의 가슴에 더 큰 아픔이 되지나 않을까 걱정도 되지만 이 속에서 우리를 되돌아보는 기회가 되었으면 하는 마음에 용기를 내어 시작하려한다.

펜을 잡고 보니 대리운전을 처음 할 때처럼 떨리고 두렵다. 처음 남의 차에 올라 나의 목적지가 아닌 타인의 목적지를 향해 운전을 하는 것이 생각만큼 쉬운 일이 아니었다. 처음 탑승했을 때의 어색함과 목적지를 어떻게 가야 할지 몰라 당황해서인지 5분만 운행해도 등은 땀으로 젖어서 차에서 내리면 한기가 나를 엄습하곤 했던 기억이 지금 이 순간에도 일어나고 있다. 그렇게 시작한 일이 4년이니 이 글도 목적지에 닿을 때까지 안전하게 운행할 수 있을 것으로 믿는다.

먼저 이 글은 4년간의 대리운전을 하면서 그분들과 나눈 이야기와 당시의 느낌을 기록한 글이다. 이 내용은 결코 보태지는 않았으나 사연의 당사자가 혹시 모를 곤경에 처할 수도 있을 것에 대비하여 지명은 일부 조정하였음을 밝혀둔다.

아울러 정제되지 않은 어투와 어눌한 어법 등은 너그러이 이해해주시고 소가 여물을 먹듯이 천천히 그리고 되새김질 할 수 있기를 소망한다.

끝으로 이 책의 출간을 위해 도와주신 어머니와 어릴 적 이미 돌아가셨지만 많은 것을 가르치신 아버지, 나로 인해 고통을 받았던 아내를 비롯한 조카들과 식구들, 그밖에 내가 인지하지 못하는 많은 분들에게 더불어 진심으로 미안함과 감사의 말을 전한다.

2008년 3월

경무

차례

2부 땅과 바다

3부 그대와 나

1부 ★ 하늘과 별

눈동자

대리운전 일을 하면서 나는 많은 것을 얻었는지도 모른다. 직장생활을 하면서 알지 못했던 것들과 생각하지 못했던 것들을 보았고, 느꼈다. 그리하여 이제는 어느 정도는 알고 볼 수 있게 되었으며, 느낄 수 있다. 하지만 그와 반대로 크다면 큰 무언가를 잃은 듯한 느낌은 지울 수가 없다. 어쩌면 얻은 만큼 잃었는지도 모른다.

2006년 10월 어느 날이었다. 새벽 두 시경, 100대 가량을 주차할 수 있는 노상주차장은 숨통이 트여 연인들이 어색한 걸음을 걷지 않아도 될 만큼의 여유로운 휴식을 취하고 있었다. 그곳에 이십대 초반으로 보이는 여자가 하얀 발을 들여놓았다. 5미터쯤, 참으로 참하게 차려입은 옷차림 하며 밤인데도 흰 피부임을 한눈에 알아볼 수 있을 정도의 그늘 없는 얼굴이었다.

'아유, 예쁘네.'

속으로 생각하며 바라보는데 애인으로 보이는 한 남자가 뛰어오더니 그녀의 손을 잡고 여자가 가던 방향으로 보조를 맞춰 걸으며, 그들만의 사랑스런 대화를 나누는 듯 보였다. 나를 위해서였을까? 마치 기자들을 위해 포즈를 한번 취하고 떠나려는 듯 걸음을 멈추고 다정한 포즈로 대화를 나눴다.

어쩌면 아주 흔히 볼 수 있는 흔하고 흔한 연인들의 모습을 나는 너무나 아름답게 바라보고 있었다. 내가 그들과 같은 사랑을 못해봐서가 아니라 동네가 술에 취해 불빛마저도 춤을 추는 밤의 거리에서는 좀처럼 볼 수 없는 광경이었기 때문인지도 모른다. 이들이 무슨 대화를 나누는지 몰라도 너무나 아름답게 보였고, 이런 이들이 오래도록 아름답고 예쁜 사랑을 하기를 바랐다. 여기까지만 볼 걸, 여기까지만 보았으면 나의 머리를 쥐어박고 나의 눈이 야속하지는 않았을 터인데….

어떤 남자가 헐레벌떡 뛰어오더니 "대리운전 부르셨죠?"

했다.

여자가 기사에게 키를 건네주고 작은 백에서 무언가를 꺼내 애인처럼 보이는 남자에게 건네는 것이었다. '혹시…?'

연인은 모두 그러하듯 그들도 가벼운 손인사와 눈인사를 하며 서로에게서 멀어졌다.

그녀의 차가 주차장을 채 빠져나가기도 전에 의심스러웠던 나의 육감을 이 남자의 동료가 확인시켜주었다. 어떤 사내가 이 남자에게로 멀리서 뛰어오는가 싶더니, 이 남자 앞에 다다를 즈음엔 과자를 사들고 들어오는 아빠를 기다리던 어린아이처럼 불규칙적이면서도 얼굴엔 이미 단맛을 기억해낸 듯 즐거운 걸음을 재촉하는 것이 아닌가. 남자 곁에 와서는 승리의 웃음을 머금은 얼굴로 어깨를 툭 치며 그들만의 눈빛 대화를 하는 것이 아닌가. 어깨에 매달린 듯 동무를 하고 걸어가는 그들, 그들은 호스트바에서 일하는 아이들이었다. 분명 그녀가 건네어 준 건 돈이었을 것이다.

나는 아무것도 할 수가 없었다. 정신적인 공황상태, 그 자체였다. TV에서나 보고 말로만 듣던 일들이 이젠 그리 어렵지 않게 펼쳐지나. 아름답게 보았던 젊은이들이 여전히 내게 충격으로 다가오는 것은 아름다운, 아름다워야 할 청춘이기 때문은 아닐까.

대리운전 일을 하며 가장 충격이 컸던 순간으로 기억되는 것은 아마도 내가 얻은 것 중의 하나요, 잃은 것 중 가장 큰 것이기 때문인지도 모르겠다.

어부바

2007년 1월 1일 5시 20분경. 한해를 마감하고 한해를 시작하는 시간.

작년 마지막 날(2006. 12. 31)엔 '콜'을 많이 타서 내심 기대를 하고 왔지만, 오늘은 일도 그리 많지 않았고 일찍 끊겼다. 그래서 친할 만큼은 친한 동료와 거의 퇴근시간만을 기다리는 마음으로 차 한잔을 하며 새해 아침의 희망을 나누고 있었다.

그런 와중에 사십대로 보이는 두 남자를 목격한 친구가 먹잇감을 발견한 하이에나처럼 달려가서 "대리하세요?"를 외친다. 그러더니 그 친구는 손짓으로 나를 불렀다. 두 대다. 한 분은 목동, 한 분은 수원터미널 근처. 친구가 목동을, 나는 수원으로 나란히 출발했다.

나는 차에 타서 언제나처럼,

"자리가 굉장히 길어지셨네요?"

이 남자는 대답이 없이 뭔가를 골똘히 생각하며

"흐~ 햐~."

머리를 갸우뚱거리며 뭔가 이해되지 않는 듯한 표정을 계속했다. 그러기를 5분쯤 지났을까, 그가 입을 열었다.

"내가 이 친구를 6년 만에 만났는데 도저히 이해가 되지 않네요."

"아니, 뭐가 그렇게 이해가 안 되세요?"

사십은 훌쩍 넘긴 남자가 뜬금없이 이해되지 않는다고 말하는 게 무슨 일인지 궁금했다.

"내가 이 친구를 안 보게 된 게 이 녀석이 '작은 각시' 하고 살면서부터 안 만났거든요. 근데 이 친구가 이해는 안 되는데, 또 한편 이해가 돼요."

"예? 아니 무슨 사연이기에 그렇습니까?"

"저 친구가 하는 말이 뜬금없이 '장모가 18년이다. 그런데 그 딸년은 더 했으면 더 했지 절대 덜하지 않는다.' 이러는 거여. 장모를 그렇게 욕하는데 깜짝 놀랐지. 그러는 친구는 아닌데. 그러면서 하는 얘기가 장인이 살아계시는데 사위가 가도 장인은 방에서 나오지도 못하게 하고 그런다는 거예요. 그 부인은 이 친구가 조금만 늦게 들어가도 문도 안 열어준다 는 거여. 이해가 되세요?"

"네에, 알 것 같습니다."

주저함 없는 나의 대답에 이 남자는 자세를 바꾸며 따지 듯 다시 물었다.

"네에? 아니 어떻게 이해가 돼요?"

"제 주변에 비슷한 경우가 있었습니다. 아마도 맞기도 했 을 겁니다."

"그래요?"

그는 내 말에 더욱 충격을 받았다. 눈을 덩그렇게 뜨며 운 전을 하는 나의 얼굴을 빤히 들여다보며

"정말 때리기도 합니까?"

"네. 모르긴 해도 99% 맞을 겁니다."

실제로 내 주변에서 이런 경우를 봤다. 그랬기에 확신할 수 있다. 그렇게 인격이 없는 상황 하엔 폭력이 없는 것은 오 히려 부자연스러운 것인지도 모른다.

그가 잠시 흥분을 가라앉히고 말을 했다.

"지금도 이 친구는 작은 각시한테 갔는데 내가 헤어지기 전, 집에 들어간다고 전화를 했지. 그랬더니 이 친구가 이해

할 수 없다는 거야. 집사람이 전화받는 자체가 이상하다는 거야. 그러면서 신기하다는 듯 '이 시간에 전화해도 뭐라고 안 해?' 그러는 거여. 나도 당황했지. 나는 지금까지 몇 시에 들어가건 아내가 항상 안자고 기다린다는 걸 알고 있으니까 전화를 하는데 이 친구는 그게 이해가 안 된다니까, 나도 이 친구가 이해가 안 돼. 나는 그냥 당연한 걸로 알았는데 이 친구는 신기하게 여기잖아. 이 친구에 비하면 나는 와이프 업고 다녀야 돼. 그죠? 야~아~."

그는 지금도 이해할 수 없고 신기한 듯 머리를 갸우뚱 거렸다.

내가 한마디했다.

"오늘부터라도 사모님한테 더 잘하세요."

"아~, 그래야지. 업고 다닐 거여."

"그러세요. 오늘부터라도 업고 다니세요."

"하, 하, 하, 하."

서로 작게 웃었다.

집에 거의 도착할 무렵 그는 부인에게 돈 좀 가지고 나오라고 전화를 했다.

"그 친구한테 달라고 할 수도 없고, 술값을 계산하니까 지갑이 비었어요."

그러면서 웃지도 않고 얘기를 했다.

"우리 와이프 정말 대단하죠?"

"네에. 정말 대단합니다."

집에 도착하여 키를 건네주며 그분에게 농 섞인 진담으로 말했다.

"사모님! 사장님이 오늘부터 업고 다니신답니다."

"아~, 그렇지. 업혀. 업혀. 어부바."

새해 초하룻날이고 휴일이라 출근시간이 다 되어 갔지만, 아파트 단지 내엔 사람들도 없었다. 새벽공기를 시원스레 가르며 셋이서 한바탕 크게 웃었다. 실제 내 눈앞에서는 업히진 않았지만, 아마도 두 분은 지금 서로를 안고 업고 있을 것이다.

여러분도 오늘 하루 사랑스런 아내를, 사랑스런 남편을 남자로서, 여자로서 '꼬오옥' 안아 주십시오. 죽을 때까지는 당신만을 사랑하겠노라고….

승진 훈련장

2007년 2월 1일 24시경.

잠들어 있던 나의 군 시절을 되뇌어 준 날이다.

이날은 모처럼 맛보는 겨울날씨였다. 눈이 내리지는 않았
지만 바람이 살집을 파고들어 뼈까지 시리게 했다. 손님은 키
가 작은 사십대 남자였다.

시동을 걸며 "오늘은 굉장히 춥네요" 하고 툭 던져진 나
의 말에,

"이건 추운 게 아니에요."

"예? 안 추우세요?"

"나는 군대에 있을 때 얼마나 고생을 했는지 이 정도는 춥게도 안 느껴져요. 기사님이 보시다시피 내가 키가 작잖아요. 이것을 극복하기 위해서 얼마나 고생했는지 몰라요. 기사님은 군대 갔다 왔어요?"

이 얘기가 끝나자 운전석에 깔린 두툼한 쿠션을 조심스레 뒷좌석으로 넘겼다. 운전을 하기 힘들 정도로 두꺼운 쿠션이었다. 그 정도로 이분은 체구가 작았다.

"예. 갔다 왔습니다."

"그럼, 60미리 박격포 알아요?"

"네. 알고 있습니다."

"내 주특기가 그거였거든요. 그게 얼마나 무겁습니까, 이 체구에 그걸 들고 뛰어다닌다고 생각해보세요."

그의 말엔 아직도 단내가 가시지 않은 듯 다 표현해 내지 못했다.

"정말 고생이 많으셨겠어요. 제대하신지는 얼마나 되셨는데요?"

"20년도 훨씬 넘었지. 그래도 그 승진 훈련장은 잊을 수가 없어요."

"네? 포천에 있는 승진 훈련장이요?"

"아세요?"

"그럼요. 저도 포천에서 근무했고 승진 훈련장에서 훈련도 많이 하고 그랬습니다."

"그래요. 정말 반갑네, 기사양반."

나도 잊고 있던 추억들을 되뇌어준 그분에게 정감이 갔지만, 그는 동기라도 만난 듯 무척이나 반가이 좋아했다. 그래서 일까 잠시 후 더욱 생생히 기억되어 나오는 슬프고 힘겨웠던 군대생활이 그의 목젖을 막는 것을 느꼈다.

"아~, 하~."

서로 반가움을 표현할 때는 고구마 순처럼 줄줄이 따라 올라올 것 같던 얘기들이, 깊이 파묻힌 아프고 슬픈 추억을 뚫고 나오지 못했다. 얼마나 힘들었으면 이십년이나 훌쩍 넘은, 생에 그리 길지 않은 군 생활이 지금까지 그의 목에 가시됨이 안쓰러워 측은해졌다.

내 군대이야기를 잠깐 하자.

신병티를 조금 벗어날 무렵이었다. 사회에서도 경우에 따라 이런 게 있지만, 군에서는 신병보호 차원에서 '후견인제도(사수와 부사수)'를 시행하고 있다. 맨 위 고참이 신병이 들어오면 부사수, 일명 아들로 삼는다. 그 다음 고참은 그 다음 신병, 이런 식으로 한명씩 받게 된다. 내가 갔을 때 나의 사수는 일병 '말호봉'이었다. 사수가 서열이 높을수록 내 입장도 경우에 따라서는 매우 유용하다. 고참들이 나를 괴롭히거나 귀찮게 할 때 사수가 와서 "내 아들인데 그만해", 이 한마디면 곤경에서 벗어날 수도 있고 사수가 빨리 제대함으로써 좀 더 일찍 자유로워질 수 있다.

그런데 나는 아주 최악이었다. 사수가 내무반에서도 인정이라곤 못 받는 일명 '고문관' 이었던 것이다.

하루는 야간근무를 서는데 그때도 마찬가지로 사수와 서게 되었다. 보통 이등병 때까지는 사수(아버지)와 많이 세운다. 고참이 근무를 서다가 갑자기 뒤에서 발로 걷어찼다.

"너, 이거 못 외워?"

"아직 못 외웠습니다."

사실 나는 외우는 건 못한다.

그때부터 무차별적인 구타가 시작되었다. 구타에 인간적, 인격적이라는 표현은 그렇지만, 그는 무척 비겁하고 비인간적으로 나를 때렸다. 이를 악물며 참고 있는데 10분쯤, 20분쯤 맞았을까, 비단결 같은 나의 성격도 도저히 참을 수 없었다. 철모를 벗어던지고 그를 벽으로 밀어 붙이며 멱살을 잡고 이를 악물고서 한마디했다.

"너, 이 시간 이후로 나한테 손만 대봐. 그땐 너 죽을 각오 해. 말도 함부로 지껄였다간 디질 줄 알어. 알았어?"

정말 그 고참은 겁을 먹었다. 그때 고참이 반발했다면 아마도 사고는 피할 수 없었을 것이다. 그때 그를 제압한 것은 나의 힘이나 고참의 아킬레스건이 아닌 나의 눈빛이었다는 걸 안다.

지금도 내가 눈을 무섭게 뜨면 어떤 이들은 겁내 한다. 실제로 큰 상처를 준 적도 있다. 내공이 어느 정도 쌓여버린 지금은 그냥 항상 흐리멍덩한 눈을 뜨고 다니려 한다. 그래서일까 어떤 분이 나에게 그랬다.

"남자가 카리스마가 있어야 하는데 너의 눈빛엔 '칼'이 없어"라고.

내공이 없었다면 당황했겠지만 웃으며 받아주었다.

"남들이 모두 칼을 가지고 있는데 저까지 굳이 칼이 필요하겠습니까."

필자가 필명을 경무(景無)로 지은 이유이기도 합니다.

여러분은 칼이 있으십니까?

그것이 필요치 않기를 바란다면 서운하실려나요?

1분의 의미

2007년 5월 12일 토요일.

오늘 하루도 아침 여섯 시가 넘어서 내 차가 있는 곳으로 돌아왔다. 한밤중 매연 속에서 일과를 마친 후, 타인의 차가 아닌 내 차에 오르면 어김없이 찾아오는 쓸쓸함과 씁쓸함. 정작 내 차는 한참을 뜸을 들인 후에야 억지스레 키를 돌리게 된다. 오늘도 어김없이 뜸을 들이는 중이었다. 그때 갑작스레 진동과 벨을 같이해둔 휴대폰이 '잠깐' 하며 외치는 듯 날 놀래킨다.

"네, 여보세요."

지친 데다 만사가 귀찮은 듯한 목소리였기에 그랬을까.

"거기 대리운전 아닌가요?"

그 말에 마치 다 되어가는 압력밥솥에 가스를 차단하듯

"네에. 대리운전 맞습니다."

무의식중에 나온 직업정신이라 해야 할까, 돈의 위력이라 해야 할까.

밤에 일하는 사람들에겐 여유로운 시간에 굳이 뛰고 싶지 않았다. 5분이면 걷는 거리. 뛰어가면 2분이면 충분하겠지만, 5분을 약속하고 여유를 부렸다.

고등학교 때와 군대에서 행군할 때 그리고 이 일을 하면서 1분의 시간을 새삼 느꼈다. 여러분도 1분이라는 시간을 생각할 수 있는 기회가 되었으면 하고 이 글을 담는다.

먼저 고등학교 때의 일이다. 어느 수업시간, 선생님이 들어 오시자마자 한 명씩 앞에 나와서 "1분씩 줄 테니 좌우명을 말하는 시간을 갖겠다"고 했다. 수업시간은 50분, 학급인원은 45명 정도로 기억한다. 한 명씩 모두 앞에 나가서 좌우명을 말하자 교실 뒤쪽에 계시던 '쌤'이 강단(교단) 쪽으로 걸어 나오시며 "실망이다"라고 말했다.

순간 나는 '뭐가 실망이란 말인가, 그것도 전체를 싸잡아 실망이라니. 다른 주제도 아니고 각자의 좌우명을 말한 사항

을 누가 감히 실망이라 함부로 말할 수 있단 말인가.' 조금은
화가 났다.

　쌤의 한마디에 교실 전체가 더욱 무거운 고요함에 휩싸였
다. 팔짱을 끼고 있던 쌤이 교탁 양 모서리를 살며시 감아쥐
더니 체중을 실으며 말을 했다. 보통 무거운 분위기에선 시선
도 눌리는데 나는 그때 쌤의 말에 이미 기분이 나빴고, 화가
났기에 빤히 쳐다보고 있었다. 어쩌면 조금은 노려보았다 해
야 맞을 게다. 쌤 왈,

　"선생님이 처음에 무어라 말했습니까?"

　아무도 대답이 없다. 그 질문에 나의 시선 또한 조금 눌리
는 걸 느꼈다.

　'뭐가 있나?'

　잠시 뜸을 들인 쌤이 입술에 힘을 풀며 말을 이었다.

　"지금 시간이 35분, 남은 시간 15분. 앞에 나와서 1분 동
안 이야기한 사람 있나?"

　순간 나의 뇌에 침을 놓는 듯했다. 나의 시선에도.

　"여러분은 여러분에게 주어진 인생의 일분이란 시간을 허
비했습니다. 내가 설 시간이 없어야 맞지 않은가. 남은 시간
자율학습!"

　선생님은 그러고 나서 출석부를 들고 밖으로 나가버렸다.
교실 미닫이문이 "탁!" 하고 닫힐 때 내 머리도 아무것도 통하

지 않는 진공상태로 되는 걸 느꼈다. 뒤늦게 깨달았지만 어쩌면 내게 주어진 1분이 일생이라면 반은 그냥 반납해버린 셈이다. 그때 선생님이 그렇게 먹여줬더라면 하는 아쉬움이, 욕심이 남는다.

다음은 군에 있을 때다. 나는 기갑부대에서 근무를 했기에 행군이 많지 않았다. 하지만 행군 생각만 해도 현기증이 돌 정도다. 완전군장을 하고 한참을 걷다보면 내가 걷는 게 아니라는 생각이 들었다. 마치 해탈한 것 마냥 다리가 걷지 내가 걷니. 최면을 걸 듯 하다가도 "1분간 휴식!"이란 말이 끝나기가 무섭게 무너져 내린다. 마치 '거침없는 하이킥'을 맞은 것처럼.

최소단위에 가까운 1분의 위력은 어느 정도 될까? 놀랍게도 그 1분이 한 시간에 가까운 걸음을 더 내딛게 했다. 또 1분이 한 시간을. 실로 짧지만 짧지 않은 막강함을 느끼게 했다.

갑자기 떠오르는 귀염둥이들. 그 지친 와중에도 웃기고 지독한 '녀석들'이 꼭 있다. 고작 1분을 주는 놈들도 야속하지만 쉬면서 초심을 보는 황당한 녀석들도 있다. 겨울에 찬물을 뒤집어씌우는 듯한 "기상!" 소리에 어디선가 기다렸다는 듯 핏대를 세우며 강력하게 항의하는 거침없는 외침 "아직 5초 남았습니다." 1분 전과는 또 다른, 거침없이 날아오는 솜

털 같은 하이킥이 완전히 실신 직전까지 만들어버린다.

지금 생각해도 그놈들은 참으로 웃기는 놈들이다.

다음은 술 취한 이들의 1분이다. 부어라 마셔라, 비워라 따라라, 술이 이기냐? 내가 이기냐? 세월이 좀먹냐? 모래알에 싹트냐? 그리고 나와서도 너도 취했냐? 나도 취했다. 빤히 내려 보는 불빛과도 다감한 대화를 나누는 여유를 부리며 용케도 자기 차를 찾는 걸 보면 용한 점쟁이 뺨친다. 자기 차 앞에 서야 급해진다. 벌써 호랑이 같은 집사람 앞에 선 것 마냥 1분을 기다리지 못하고 운전을 하거나 전화를 해서 기사를 불러놓고도 1분이라도 빨리 가야 한다는 강박관념에 지나가는 기사의 유혹에 "오케이!"를 외친다.

신기하게도 이정도 되면 긴장 또한 1분을 못 넘기고 잠이 들어버린다. 아마 대리기사라면 체력장 때보다도 더 사력을 다해 뛰어갔지만, 코앞에서 떠나가는 기차를 바라보듯 한 상황을 몇 번쯤은 겪어 보았을 것이다. 나는 오늘 그분을 만나지 못했다. 도착해서 연락했을 땐 전화는 꺼져있었고, 주변을 두리번거리는 나를 아침 햇살만이 살며시 너머다 보고 있었다. 이처럼 어쩌면 우리 인생에 있어 한 치도 예측할 수 없듯, 값지고 소중하지 않은 시간은 없는 듯하다.

깍두기

1. 총각김치(?)

직업이 직업인지라 참으로 다양한 사람과 다양한 삶을 살아가는 사람들을 만난다. 또 하나의 장점과 단점이 있다면 두툼하게 쓰고 있던 가면을 몇 개쯤 벗어던진 모습들이라 인간적인 측은함이 때론 감동과 역겨움, 눈물, 답답함 그리고 웃음을 선물하곤 한다.

어느 날이었다. 두 명의 남자를 태우고 안산에서 광명으로 향했다. 로얄석엔 '행님'이, 조수석엔 '똘마니'가 앉아서 머리만 뒤로하고 "예, 행님"을 연발한다. 그러다가 이내 행님은 꿈나라로 갔다. 똘마니 세상이 온 것이다.

"요즘은 잘됩니까? 갱제가 안 좋죠?"

그러면서 지갑을 꺼내 계산부터 해주었다. 행님에게서 보았던 '개폼'은 다 잡으면서 마치 국가 청사진을 보이듯 이런저런 이야기를 거들먹거리며 쉼 없이 이야기를 했다.

그가 청사진을 보여주다 말고 서민을 생각해서 선심 쓰듯 여기부터는 자기가 하고 갈 테니 세워달라는 것이다. 듣고 있기가 힘들었는데 잘됐다 싶어서 조심히 운행하라고 당부하고 돌아서는데 "아저씨, 잠깐만!" 하며 손짓을 한다. 그러더니 "내가 돈 줬죠? 그런데 내 지갑이 없네."

그러면서 차를 거의 뒤집어 털 듯했음에도 지갑이 나오지 않았다. 로얄석에서 꿈나라를 여행하는 귀여운 행님도 안중에 없었다. 창가로 머리를 기대고 잠든 그를 밀고 당기는 건 기본이고, 문을 닫을 땐 머리를 세게 부딪쳐 머리가 반대편으로 갔다가 돌아오기도 몇 차례. 처음엔 너무나 웃겼지만 진짜 머리에 '빵구'나 나지 않을까 염려도 되었다.

그러다가 똘마니가 내 몸수색을 했다. 정말 신기하게도 지갑은 감쪽같이 사라지고 보이지 않았다. 똘마니는 거의 이성을 잃어버렸다. 외진 곳인데다 원정 온 입장이라 미친개한테 물리는 게 아닌가. 그제야 슬슬 겁이 났다. 그런데 똘마니가 반은 포기한 듯 "아저씨 가!" 하며 가라는 손짓을 짧게 해 보였다. 괜히 찜찜했지만 내가 거기 있어봐야 서로에게 득 될 게 없었다. 그래서 나는 자청해서 내가 가기 전에 다시 한번 내 몸수색할 것을 요구했다. 그는 못이기는 척 "그럼 미안한데 다시 한번 봅시다." 열심히 내 몸 구석구석 발바닥까지 애무를 하고서야 보내주었다.

대한민국의 의리의 지존들도 자기의 작은 이익 앞에선 눈이 뒤집어지는 모습이 안쓰럽다.

2. 열무김치(?)

어느 날이었다. 남자 셋을 태우고 가까운 시내를 가는데 남자 일(1)이 물었다.

"아저씨 원주까지는 얼마나 해요?"

"글쎄요. 15만 원 정도는 되어야 할 것 같은데요. 근데 원주에서 오셨어요?"

그냥 궁금해서 묻는 경우가 대부분이라 무성의하게 답했다. 그런데 남자 2가 따지고 든다.

"아저씨는 왜 그렇게 비싸요?"

그제야 나는 혹시 진짜 갈려나 싶어.

"장거리는 기사마다 조금씩은 차이가 있어요. 다른 곳에서는 얼마를 얘기하는데요?"

"10만 원이요."

"예? 지금 시간이 몇 신데요. 열두 시도 안 돼서 한참 일하는 시간인데다 그곳에 가면 오늘 일은 그걸로 끝나는데 10만 원이면 좀 그런데요. 저희도 갔다 오는데 경비도 들고 아침까지 있으려면 사우나나 피시방에서 서너 시간은 있어야 하는데요. 아무튼 가시게 되면 연락주세요. 가격은 최대한 맞춰드리겠습니다."

열심히 상황수습을 했건만,

"갈지 안 갈지 몰라요. 행님이 얘기가 길어지면 우리가 운전하거나 자고 갈 거니까."

그들의 행님이 또 다른 행님과 대담중이라 자리를 피해 술 한 잔씩 한 모양이었다.

아파트에 차를 세우고 한 남자를 잡고서 "가시게 되면 꼭 연락 달라"고 확인을 하고 돌아서서 서너 발짝 내 딛는데 똘마니가 부른다.

"아저씨, 잠깐만요. 지금 우리 행님 나오셨으니까 잠깐만 기다려봐요."

정중히 목소리를 깔고 대답했다.

"예에."

멀리서 행님의 목소리가 들린다.

"야, 갈 준비해라."

똘마니 3이 대답한다. 묵직한 목소리로

"예, 행님."

이내 어눌한 목소리로

"행님, 대리기사 부를까요?"

큰 행님 왈,

"술 많이 먹었나?"

목소리 한번 죽이네.

"예, 조금 먹었습니다."

행님 왈,

"그라믄 대리 불러야제."

오! 멋진 걸.

이제부터 나의 무대다. 나를 알지 못하는 내 앞에 있던 똘마니가 바통을 이어받아 '이쯤이야'의 표정으로 무겁다 못해 거만함이 섞인 목소리로,

"아저씨 10만 원에 갑시다."

"지금은 안돼요. 한두 시간 있다가 가는 줄 알았죠. 지금 가시면 15만 원은 주셔야 돼요."

나의 내공을 모르는 똘마니가 협박한다.

"다른데 불러요?"

협박 한번 귀엽다. 나는 태연히 대답했다.

"예, 그러세요."

똘마니 스타일 완전히 구겨진다.

그때 '큰행님'의 목소리가 들려온다.

"대리 불렀냐?"

똘마니 급히 대답한다.

"예, 행님. 여기 왔습니다."

역시 똘마니다. 나의 기대를 저버리지 않고 솔직히 고했다. 똘마니가 급해졌다.

"12만 원에 가요. 알았죠?"

"아이, 안되는데. 만 원만 더 주세요."

나의 말에 똘마니 스타일 말이 아니다. 속으로 웃겨죽는 줄 알았다.

"알았어, 알았어(불만과 짜증이 섞인 목소리로). 갑시다."

사실 10만 원에 가나, 일이만 원 더 받는 것이나, 내게 그리 중요치는 않았다. 다만 그들이 하늘처럼 떠받드는 행님일지라도 그들에게 하늘이고 행님이지, 내게는 절대 행님도 될 수 없다는 것을 가르쳐주고 싶었다. 그들이 알리 있겠는가마는.

아버지의 가르침

여느 때와 다름없는 토요일. 일찍 일어나는 사람은 벌써 깨어있을 시간이었다. 다음이 일요일인 점을 감안하면 여섯 시, 일곱 시에도 일을 할 수 있다. 밤새워 술을 먹는 사람도 있고, 야간에 일하는 이들이 늦은 술자리 후 찾는 경우가 제법 있기 때문이다.

이날도 운 좋게 다섯 시가 넘어서 운행을 하게 되었다. 목적지는 외진 곳이지만 나는 그쪽을 알만큼은 알고 있는 곳이었다. 논과 밭이 있고 오늘처럼 푹한 날엔 들녘에 매달린 듯이 안개가 머무는 곳, 2차선 도로를 지나 4차선이 나버린 도로가 향수를 깨버리지만 오늘처럼 드라이아이스가 낮게 깔려 있는 듯한 날엔 창문을 활짝 열면 가습기에서 나오는 듯이 신선하고 촉촉한 공기가 작은 행복과 여유를 주는 곳, 나의 추억이 있고 향수를 자극하는 농촌의 들녘과 그림을 그리기 싫은 꼬마아이가 녹색 물감으로만 멋대로 그려놓은 듯한 산과 나무들, 거기에 산 너머 바다에서 염분까지 보내주는 날이면 시상이 떠오르지 않는 어떤 이라도 양반걸음을 하게 되는 그곳. 이미 나는 풍경화 속에 그려진 아이였다. 그때 완성되어 가는 도화지에 빨간색 잉크가 떨어지듯,

"쌍놈의 새끼!"

나는 나의 작품을 망가뜨린 그에게는 관심이 없었다. 나의 작품이 주는 기쁨이 무심코 떨어뜨린 한 방울의 잉크에 도화지를 찢어버릴 만큼의 허술한 작품은 아니었다. 그런데 꼬마아이가 그리는 그림을 심술궂은 어른이 그냥 내버려두지 않았다.

"아저씨, 아저씨가 볼 때는 이곳이 분당처럼 될 수 있을 것 같습니까?"

불편한 심기를 등 뒤로 하고 살며시 붓을 내려놓으며,

"글쎄요. 그쪽(부동산)은 모르기도 하고 관심도 없어서 뭐라 말하기가 그렇네요. 근데 이쪽에 땅 좀 있으세요?"

"제가 본래 서울이 집이고 직장도 서울인데, 2년 전에 서

울 집을 팔고 이쪽에다가 땅 사서 집을 지었거든요. 저는 이쪽이 분당만큼 될 것으로 봤는데 오를 기미가 안보이네요."

"그래요. 주변을 보면 제법 올랐을 것 같은데요?"

"친구들도 돈 좀 벌었을 거라고 술 한잔 사라고 그러는데, 저는 지금 속이 타들어가요. 제가 지은 집이 허가도 안 나는 곳이거든요. 아버지한테 유일하게 배운 게 부동산 쪽이라 버티고는 있는데, 1, 2년 안에 발표 안 나면 거지됩니다. 내 속도 모르고 와이프는 매일같이 서울로 가자고 그러니 미칠 것 같아요. 서울에서 살던 사람이 시골에 박혀있으니 이해는 하는데 돈이 있어야 가죠."

그곳에 도착해보니 산언저리를 깎아서 서너 채를 지었는데, 서너 대의 차가 있는 것으로 미뤄 모두 같은 목적을 가진 이들이 시위라도 하듯 함께 지은 듯했다. 이걸 보고 뭉치면 살고 흩어지면 죽는다는 건가. 그나저나 이분의 아버지는 참으로 훌륭한 분이다. 기술이 발달하여 고기를 잡아 냉동 창고에 보관하다 창고를 통째로 유산으로 물려주는 시대에 고기 잡는 방법을 가르치는 아버지가 어디 그리 흔한가? 현명한 아버지의 가르침을 아주 잘 소화하고 있는 아들. 무엇을 가르쳤고 또 무엇을 배웠는지 모르겠으나 그저 내일은 생각하지 않고, 주변을 배려할 줄 모르는 저인망식 고기잡이는 21세기에 걸맞게 개선시켜서, 자식에게는 내일도, 모레도 생각하고, 다른 이도 배려할 줄 아는 지혜를 물려주기를 바란다. 풍파에도 닻을 올릴 수 있는 지혜와 용기를 유산으로 물려주는 것이 보다 현명하고 자랑스럽지 않겠는가.

임무완수를 하고 그리다 만 도화지를 꺼냈다. 다시금 작품에 몰입하며 그림을 그리며 걷는데 뜻밖의 소재를 제공하는 이가 있으니,

"딸, 딸, 딸, 딸."

경운기소리가 아닌가. 아직도 큰길까지는 족히 10분은 걸어야 하는 거리. 들녘으로 일을 나가는 듯 50대로 보이는 금슬 좋은 부부가 흔쾌히 옆자리를 허락해 주었다. 얘기도 하고 싶었지만, 경운기는 달콤한 말보다 구수한 향기로 대화하는 곳임을 시골에서 자란 내가 모를리 없다. 웃음과 눈인사로 감사와 행복을 빌어주었다.

여러분도 명석한 머리보다 상대를 편안하게 해줄 따스한 가슴을 지니시기를.

이것으로 내가 그릴 그림은 그렸으니 붓을 받은 여러분이 이 그림을 보다 예쁘게 완성시켜주시길 바랍니다.

야한 이야기

어제와 같은 일상이었다.

새벽 3시쯤 되었을까, 이 여자 분은 어쩌다가 술자리가 있는 날이면 항상 2~3시를 즈음해서 집으로 간다. 내게 개인적으로 전화를 주지만 내가 직접 운행을 한 건 처음이었다. 다른 곳도 많은데 잊지 않고 불러주는 고마움에 조금은 멀리 있었지만 택시를 타고 인사도 할 겸 운행을 하게 되었다.

먼저 고맙다는 인사를 하고 5분쯤 운행하였을 때 안심하는 듯, 여자는 잠에 빠져드는 것 같았다. 예쁘장한 얼굴에 버르장머리도 있어 보이는 20대 중후반의 아가씨. 옆 좌석에서 머리는 반대편 창가로 하고 잠이 든 여자에게 자연스레 시선이 갔다. 그냥 산보 갔던 시선이 오는가 싶더니 하얀 목덜미를 지나 3부 능선쯤 드러난 젖가슴에 그만 집이라도 지을 태세다. 그리 자극적이지도 않은 청아한 향수가 산기슭에 앉아 있는 듯한, 마치 사회와 단절된 포근함과 편안함이 어귀에서부터 강하게 느껴졌고, 잠자리 속 날개 같은 하늘하늘한 두 겹의 치마를 이불삼아 가슴까지만 덮고 다정히 누워 있는 듯한 무릎이 산보에 즐거움을 더해 줬다. 골짜기가 가파른 걸로 미뤄 산이 낮지는 않을 것이며, 산이 높음에 이처럼 깊은 향을 담고 있는지도 모른다. 그 향수에 매료된 시선을, 연신 목탁을 두들겨서 겨우 시선을 제자리에 두었다.

몇 분쯤 지났을까. 그녀가 약간 긴 머리를 반대편으로 축 늘어뜨리며 자세를 교정했다. 내 어깨를 닿을 듯한 그녀의 머리, 나의 시선은 목탁을 던져버리고 반사적인 작업에 들어갔다. 시선이 터파기공사를 시작하자 땀은 입에서 났고, 고인 땀은 두레박의 물을 양동이에 붓듯 단번에 식도로 쏟아버린다.

몇 분쯤 지났을까. 터파기공사에 지친 시선을 억지스레 끌어다 놓았더니 여자는 자세가 불편한 듯 머리를 반듯이 뒤로 하고 엉덩이를 살포시 앞으로 밀며 편한(?) 자세를 취했다. 그녀에게 편한 자세인지, 나에게 편한 자세인지 모를 포즈.

몇 분이 지나기도 전 그녀는 입고 있던 카디건을 마치 이불을 개듯 '가슴 단속'을 하는 듯했다. 내 안에선 신성한 땀의 맛을 기억하는지 눈동자를 유혹한다. 한 번 버렸던 목탁, 두 번, 세 번, 갈수록 눈치도 보지 않고 들었다 놨다 한다. 가만히 내버려두니 내가 매를 들 줄 모르나 보다. 유혹에 넘어가버린, 아니 유혹하러간 눈동자, 뛰어난 메모리능력 때문일까. 이번엔 일도 하기도 전에 땀부터 닦아냈다. 하지만 목탁을 다시 집어 들어 평상시처럼 두들기는 데는 그리 오랜 시간이 필요치 않았다. 그녀는 가슴 단속을 한 게 아니라 포인트를 돋보이게 하기 위해 주변을 정리한 수준이었다. 바둑에서 상대가 포기한 돌은 오히려 잡지 않듯, 다분히 의도적인 그녀에게 땀을 흘리고 싶지 않은 모양인 게다.

　　나의 내공을 알지 못하는 그녀는 본격적인 작업 사인을 받은 듯 이번에는 그녀가 눈을 떠서 어디만큼을 외치며 옷을 추스른다. '이쪽 방향이 아닌데' 하며 짜증이 아닌 아양을 떨며 추파를 던지는 듯하다. 나는 핸들을 확 잡아 돌리며 나의 내공이 당신의 산보다 낮지 않음을 표시했다. 알았을까. 그녀는 작전을 변경한 듯 이번에는 엉뚱한 이야기를 하며 나의 허벅지에 손을 자연스레 올려놓았다. 그녀의 입장에선 공기를 맞추기 위해서는 더 이상 시간을 허비해서는 안 되는지도 모른다. 너무나 부자연스럽고 엉성한 공격. 하지만 그런 이들에게 더 이상의 상처를 주고 싶지 않은 연민이 이미 내 안에 있다. 내 허벅지에 머물고픈 그녀의 손을 살며시 잡아 자연스럽게 그녀에게 주었다. 사실 그녀가 보았을 땐 나 역시 극히 부자연스럽고 엉성한 방어였을지도 모르겠다. 그녀는 손수 세웠던 텐트를 접듯 가슴 단속을 하고 말없이 하산했다.

돌아선 그녀의 입에선 누구나 상상할 수 있는 말을 던졌을지도 모른다.

그 후 그녀는 연락이 없다. 지금은 그녀의 손이 어디쯤에 있을진 모르나, 하루빨리 더 이상 부끄럽지 않은 예쁜 손이 되어있기를. 나의 눈동자도 더 이상 우아한 범죄로 타인과 비교하며 스스로를 이 정도는 죄가 아니라고 타협하지 않기를.

하성에 가면

　이분을 모실 때 처음 운행계획은 김포 시내까지였다. 술은 그리 과하지 않은 듯 뒷좌석에서 눈을 감고 있다가 간간히 창가를 보며 무언가를 회상하는 듯한 느낌을 풍겼다.

　이 책을 읽는 분이라면 나는 꽤 말 많은 사람쯤으로 생각할지 모르겠으나, 스스로 판단컨대 나는 말이 없을 만큼 없다.

　서로의 인사 외엔 별다른 대화를 하지 않고 목적지에 도착했을 때, 그분이 대리기사가 있는 적당한 곳에 세워달라는 것이다. 이상해서 물었다.

"사장님, 왜 기사들이 있는 곳에 세워달라는 겁니까?"

"여기서 더 들어가야 되는데요, 기사님이 들어가면 빠져나올 길이 없어요. 뒤에 누가 따라와야 나올 수 있는 곳이거든요."

"사장님이 배려해 주시는 마음 너무나 고맙습니다. 하지만 제가 모신 분을 목적지까지 모시는 것이 도리이고, 제 마음 또한 그게 편합니다. 너무 걱정 마시고 그냥 가세요. 사장님처럼 기사 입장을 배려해주시는 분이 드문데 마음만은 정말 고맙게 받겠습니다."

"별말씀을요. 짧은 거리도 아니고 이곳까지 잘 데려다 준 것만으로도 제가 더 고맙습니다."

이렇게까지 헤아리는 그분의 마음을 외면하는 것 또한 도리가 아닌 건 아닐까? 그리하여 시내 먹자골목으로 들어갔다. 이때가 새벽 3시쯤. 번화가라 해도 그리 크지 않았고 대리기사도 그에 비례하여 두세 팀 정도로 작았다. 그분이 차에서 내리며 '기사를 불러올 테니 그때까지만 잠시 기다려 달라'고 했다. 한 곳, 두 곳을 들르고 그분 혼자서 오는 것이었다. 이놈의 귀신같은 직감, '가격이 안 맞나 보구나. 그렇다면 오지는 오지다.' 그때부터 고민을 했다. 이분의 말처럼 오지는 분명한 듯하다.

어느새 창가로 와서 이분이 내게 말을 한다. 마치 그곳에

기사들에게 항의라도 하듯 목소리를 높여,

"평상시보다 더 달라고 해서 그냥 왔어요. 차라리 기사님한테 그만큼 더 드릴 테니 가실 수 있겠어요?"

"네, 그러세요."

나는 망설이지 않았고 항의에 동조하듯 나도 모르게 그분과 같은 볼륨으로 답을 하고 있었다. 돈을 떠나서 인간적으로 대하는 그분에게 나의 여건이나 물질로 접근하는 건 도리가 아니었고, 나의 생리에도 맞지 않았다.

그렇게 해서 기차 연장 표를 끊듯 운행을 계속하게 되었다. 지금 생각해보면 그분도 보통은 넘는 분이다. 일반적으로 이런 경우엔 그곳부터는 홧김에 손수 운전을 하는 경우가 대부분이다. 수십 수백을 주고 알코올을 사먹고도 대리비 5천 원, 만 원 때문에 음주운전을 하는 경우가 허다한데 내가 볼 땐 그곳은 자정 이후에는 음주단속이라곤 없을 것 같은 곳으로 한가하다 못해 적막한 곳이었다. 시내에서도 이십 분은 족히 더 들어가는 곳으로 김포시의 맨 끝인 것 같았다. 시내로 나가는 두세 대 정도의 차만 보았을 뿐 들어오는 차는 없었다. 중간 중간 작은 시골마을 야경이 들어왔고, 철조망도 보이는 것이 오지를 실감케 했다. 작은 마을을 지나면 어둠만이 존재했지만 시골에서 자라서 일까, 아니면 도시생활에 지쳐서 일까 왠지 정감이 느껴졌다. 그분과 간간이 이런저런 얘기를 나누며 가는데 어둠 속에서 환한 불빛이 들어왔다. 가로등이 없는 걸로 미뤄 동네보다는 독립가옥이 아닌가 생각했는데, 뜻밖에도 그곳은 도로와 접한 '게임장'이었다. 나의 향수를 망치로 깨뜨리는 듯했다. 그 자체만으로도 놀라 말문이 막히는데, 주차장엔 그 시간에도 열 대 가까운 차들이 마치 하프라인에 선 경주마처럼 열을 맞추고 있는 게 아닌가. 너무나 놀라서 질문도 아닌 질문을 했다.

"아니, 이 시골까지 게임장이 들어왔네요."

"네. 잘 되는 것 같아요. 이쪽이 개발되면서 하루아침에 부자 된 사람들이 꽤 돼요."

"그래도 그렇지, 나쁜 놈들이죠. 평생 순진하게 살아온 사람들 유혹해서 등쳐먹는 거 아닙니까?"

"그러니까 나쁜 놈들이죠."

"그런데 이 시간에도 차들이 많은 걸로 보아 이쪽에 인구는 제법 되나보죠?"

"아니에요, 얼마 되진 않는데 원정오거나 이쪽에 큰손들 보고 하는 거죠. 보세요, 주변에 마을이나 가게도 하나 없잖아요."

"그래도 장사가 되니까 영업을 할 거 아닙니까?"

"예, 어떤 때 보면 도로변까지 차들이 나와 있곤 해요."

내게는 정말 놀라운 일이었다. 그곳에서 약 3킬로미터만 가면 막다른 작은 동네가 나오는 이곳까지 도박장이 생겼다는 게 말로 할 수 없을 만큼 너무나 서글펐다. 한국의 어느 곳을 가더라도 좋지 못한 술집이며, 아름다울 수 없는 러브호텔이며, 그것도 부족해서 도박장까지…. 다음엔 또 무엇이 있을까?

머지않아 우리가 돌아가야 할 마음의 고향은 아마도 강남에서나 찾아야 할 것 같습니다.

운수 좋은 날

　이런저런 상념들이 비가 되어 내리는 토요일 밤이다. 보통의 경우 두부가 먹음직스럽게 들어간 김치찌개와 소주, 해물부침개가 떠오르겠지만, 나는 이런 날이면 어김없이 회한을 읽듯 지난날들이 비가 되어 상처 난 가슴을 파고든다. 이런 느낌이 때론 너무도 쓰라리고 때론 목젖을 막아버리기도 하지만 원망할 수 없음이 차라리 나는 이를 즐거이 여긴다. 이러한 편지를 두 번 다시 쓰지 않게 하기 위해서 아플 만큼 아플 때까지 시간 속에 묻어버렸다. 이때 상념을 깨우는 전화 벨소리, 외면할 수 있는 직업이었으면 좋으련만 직업상 어둠에서 들려오는 노랫가락은 어떠한 경우에도 거부할 수 없다.

"여보세요?"

싱겁게도 작은누나다.

"밥은 먹었니? 오늘도 나갈 거야? 날씨도 안 좋은데 쉬지 그래."

이런 날 쉬기를 바라는 가족의 마음을 알기에 더욱 무거워진 발걸음으로 집을 나섰다.

2007년 올 겨울은 유난히 눈비도 없고 따뜻했다. 그래서인지 오늘처럼 어쩌다 찾아오는 평년 기온이 너무나 춥게 느껴지는 날이었다.

3월 4일 일요일 새벽 두 시경 콜을 받은 곳은 주택가였다. 그곳엔 신혼부부처럼 보이는 한 커플과 한 남자가 있었다. 친구처럼 보이는 이들의 마지막 인사가 나의 호기심을 자극했다.

한 남자를 보내는 커플의 인사가 "안자고 기다릴 테니까 전화해줘."

새벽 두 시에 '잘 자', '잘 가라'가 아니고 기다린다니?

그 남자는 빨리 가달라고 주문했다. 급히 차를 몰며 물었다.

"무슨 급한 일 있으세요?"

"네."

짧게 흘러나왔다. 아마도 마음은 이미 도착한 듯했다.

"그런데 어디로 모실까요?"

"토성동이요."

"예."

기다린다는 친구의 인사를 미루어 볼 때 나는 목적지가 병원이나 경찰서쯤으로 생각했으나 예측과는 다르게 주택가인 게 좀 이상했다.

비가 온 이유도 있지만 약간 속도를 줄이며 물었다.

"무슨 일이신지 물어도 될까요?"

"여자친구한테 빌러가요."

나는 그의 말이 떨어지자마자 속도를 줄이는 정도가 아니라 여유 있게 차를 몰며 내공을 보였다.

누군가에게 충고를 한다는 건 결코 쉬운 일은 아니다. 더군다나 초면인데다 나에게는 고객이기 때문에 더욱 그렇다고 할 수 있다. 어떻게 받아들일지 걱정도 앞섰지만 조심스럽게 이야기를 시작했다.

"무슨 잘못을 빌러 가는지 몰라도 5분만 늦게 가신다 생각하시고 조금은 무겁고, 조금은 심오할 수 있는데다, 조금은 황당하실 수 있는 이야기지만 들어보셔도 괜찮을 것 같은데 들어 보시겠어요?"

"예. 말씀하시죠?"

"정말 무거운 이야긴데 괜찮겠어요?"

나는 다시 한번 확인했다.

나는 이야기를 안 하면 안했지 일단 하기로 마음먹으면 성이 풀릴 때까지 하고, 중간에 단절되어 버리면 상대를 보지 않는 경향도 있다. 이를 알기 때문에 사전 양해도 구하고, 또 나 자신도 조절하기 위해서 고육책으로 생각해 낸 나만의 사전의식인 셈이다.

"세상의 모든 여자, 즉 나이가 많건 적건 세상의 모든 여자는 세상의 모든 남자가 저지른 모든 잘못을 용서할 수 있습니다. 다만 두 가지가 필요합니다. 그것은 시간과 진실입니다. 나는 믿습니다. 남자는 이해를 하지 않으면 용서하지 않고, 이해를 해도 용서하지 않는 경우가 많습니다. 하지만 여자는 이해를 하지 않고도 용서를 할 수 있습니다. 무슨 뜻인지 아시겠습니까?"

"예. 잘은 모르겠지만 알 것도 같습니다."

"좀 더 쉽고 흔한 표현으로 여자의 모성애는 자식이나 나이 어린 사람만을 대상으로 하지 않는다는 말입니다. 아시겠어요?"

그는 머리를 끄덕이며 자신을 들여다보는 듯했다.

내가 말을 이었다.

"여자친구한테 무슨 잘못을 했는지는 모르나 여자친구를 사랑한다면 그리고 진실로 용서를 받고 싶다면 만남을 지속하시든, 헤어지든 진심으로 용서를 구하세요. 지금처럼 조급한 마음으론 당신의 마음을 보여줄 수가 없을 뿐만 아니라 똑같은 잘못을 저지르게 될지도 모릅니다. 즉, 용서받기 위한 반성이 아닌 진실한 반성에서 용서를 받았을 때 신뢰 또한 회복될 수 있다는 말입니다."

그는 이미 내게 운전뿐 아니라 모든 것을 맡긴 듯 "예, 예, 고맙습니다"라는 말을 되풀이했다.

하차했을 때 그가 내 손을 잡고 "용기와 지혜를 주신 점 고맙습니다. 기사님을 만난 거 보면 오늘 제가 굉장히 운이 좋은가 봅니다"라는 말을 하며 내 손을 쉬이 놓아주지 않았다. 바쁘다던 그 청년은 나와 헤어지고도 내 길을 눈 배웅까지 했다. 운행거리가 좀 더 길었더라면, 좀 더 많은 이야기를 할 수 있었을 텐데 조금은 아쉽다.

비가 내린 후 청명한 하늘이 자태를 보이듯, 지금쯤엔 신뢰를 회복하고 더욱 크고 소중한 예쁜 사랑이 주변을 아름답게 비추고 있을 거라 믿습니다. 흐뭇한 마음이 내게도 느껴지니 이 빛이 나를 거쳐 당신에게도 이르렀으면 좋겠습니다. 오늘 내가 당신을 만난 것도 큰 행운입니다. 오늘 당신이 나를 만난 것도 행운이기를 간절히 기도하며, 제목은 '운수 좋은 날' 이라고 붙여 보았습니다. 좋은 하루되십시오.

자녀란

2006년 가을. 어느 토요일이었다.

개인에 따라서 다르겠지만 나는 토요일 일요일은 어정쩡한 코스(목적지)는 운행하지 않으려한다. 평일에 비해서 일이 없기 때문에 복귀하는데 시간과 돈이 많이 드는 이유에서다. 내가 주말로 기억하는 것은 평상시도 자주 안가는 곳에서 복귀콜로 운행했기 때문이기도 할 것이다.

콜을 부른 곳은 부천 심곡동의 주택가였다. 택시를 타고 어렵사리 찾았는데 30대 아주머니가 마중 나와서 집 안으로 들어가서 남편을 부축해달라는 거였다. 술이 좀 과하셨나보다 생각하고 들어갔는데, 이불을 부인 삼아 안고 잠이 들어버린 모습에 당황했다. 조금 깨우다가 안 되겠다 싶어 그 집 주인 남자와 이층에서 업고 내려와서 조수석에 태웠다. 운전에 방해가 될 수 있어서 의자를 편하게 눕혔는데 잠시 후 뒷마무리를 하고 내려오는 듯 아주머니와 여자아이 그리고 잠이 들었는지 업혀있는 아이가 있었다. 뒷문을 열어 주었는데 아주머니가 아이가 아프니까 남편의 의자(조수석)를 세워달라고 해서 의자를 조정하려 했으나, 무게중심이 분산된 의자를 세우는 게 그리 쉽지 않았다. 그때 그 아주머니가 애처로운 듯한, 미안한 듯한 목소리로,

"경무 아빠, 경무 아빠, 경무 눕히게 의자 좀 세워봐. 으응, 응."

부인의 크지 않은 목소리에 '그렇게 해서 일어나겠습니까?' 속으로 한심하고 답답해하는데 쓰러졌던 남편이 눈은 뜨는 둥 마는 둥 했지만, 의자를 손수 조정하는 게 아닌가. 황당하면서도 그런 그를 업고 내려온 생각에 화가 났다. 일행들과 인사를 하고 운행하면서 정제된 어투로 아주머니께 말을 건넸다.

"무슨 좋은 일 있으셨나 봐요? 남편 분이 약주를 많이 하셨네요?"

"예, 원래는 이렇게까지 안 먹는데 오늘은 이상하게 많이 먹네요. 근데 기사님 가시는 길은 아세요?"

"네, 대충 압니다."

"잘됐네요. 저는 길을 몰라서요. 그리고 우리 아이가 아파서 그러는데요, 조심히 운행 부탁할게요."

"아, 그러시군요. 조심히 운행할게요. 빠르다 싶으면 말씀하세요?"

너무나 조심스런 부인의 말엔 슬픔과 초조함, 눈물이 뒤섞인 듯했다.

처음 아이가 아프다는 얘길 들었을 땐 그냥 성장통(감기, 몸살) 정도로 생각했었다. 그런데 신호 대기중에 엄마 무릎에서 잠이 든 아이를 보니 부모의 손길을 필요로 하는 선천성 장애를 가지고 있었다. 부인의 말이 없었다면 지금까지도 나는 남편을 이상히 여겼을지도 모른다.

조수석에서 술과 잠이 뒤섞여 누워있는 남자에게 마음속으로 화냈던 게 오히려 미안하고 측은하게 느껴졌다.

세상모르고 잠이 든 남자에게선 술에라도 의지하여 세상의 버거움, 무거움을 잠시나마 내려 보고픈 소망이었으나, 차마 내려지지는 않음이 나의 마음까지 시리게 했다. 무의식중에도 내려지지 않는, 결코 내려놓을 수 없는 자식의 이름 앞에 반사적으로 순종했던 아버지의 모습이 지금도 내 목젖을 막는다.

2004년 봄날. 이 일을 시작한지 얼마 되지 않았을 때 일
이다.

어렵사리 목적지에 도착했는데도 손님은 일어나지 못했
다. 하는 수 없이 집으로 전화해서 부인을 불렀다. 사람이 술
에 취해서 잠이 들면 움직이지 않으려는 습성이 있는지 둘이
잡아끌어도 버티는 힘을 당하지 못했다. 시간이 너무 지체될
것 같아서 양해를 구하고 돌아서려고 마음먹고 있는데, 부인
이 집으로 전화를 하더니 아이들을 부르는 듯 "니들 좀 내려
와 봐" 하고 전화를 끊었다. 그러자 나는 이때다 싶어 운임을
받고 돌아서려는데 '중고딩' 정도의 여자아이가 내려오는 게
아닌가. 여자 둘이서 어찌할 수 있겠나 싶어서 조금만 더 거
들어 주고 가자 마음먹고 힘쓸 준비를 하는데 딸아이가 아빠
에게 정확히 딱 한마디했다. 아빠 손을 살며시 잡아끌며
"아빠, 가자."
두 번도 아니고 정확히 한마디였다.
아빠는 용수철처럼 일어나 "응, 가야지" 하며 딸의 보폭
에 맞춰 따라가는 게 아닌가. 소름이 끼쳤다.
옛날 시골 장터에서 만병통치약을 파는 약장수가 허리 아
픈 노인네를 일으켜 세우 듯, 무릎 아픈 노인네를 뛰게 하듯

내 눈앞에서 믿기 힘든 '쑈(show)'를 해보이지 않는가.

한참동안 멍하니 혼자서 그 자리를 나도 모르게 지켰던 기억이 지금도 생생하다.

자식이란 무엇을 의미하는 걸까요?

여러분에게 자식이란 어떤 존재입니까?

내공이 좀 더 쌓여야 아시겠다구요? 사실은, 저도 그렇습니다.

번외 1 (사선思線 에서)

1. 바닷가에서

쓸쓸한 달빛 아래 내 그림자 하나 생기거든
그땐 말해볼까요 이 마음 들어나 주라고
문득 새벽을 알리는 그 바람 하나가 지나거든
그저 한숨쉬듯 물어볼까요, 나는 왜 살고 있는지
나 슬퍼도 살아야 하네
나 슬퍼서 살아야 하네

이 삶이 다 하고 나야 알텐데

내가 이 세상을 다녀간 그 이율

나 가고 기억하는 이

나 슬픔까지도 사랑했다 말해주길

흩어진 노을처럼 내 아픈 기억도 바래지면.

그땐 웃어질까요 이 마음, 그리운 옛일로

저기 홀로선 별 하나 나의 외로움을 아는건지

차마 날 두고는 떠나지 못해 밤새 그 자리에만

나 슬퍼도 살아야 하네

나 슬퍼서 살아야 하네

이 삶이 다 하고 나야 알텐데

내가 이 세상을 다녀간 그 이율

나 가고 기억하는 이

내 슬픔까지도 사랑하길 우우~

부디 먼 훗날

나 가고 슬퍼하는 이

나 슬픔 속에도 행복했다 믿게….

― '나 가거든'_조수미

시작을 어떻게 해야 할지 몰라서 노래로 시작하였습니다. 그렇지만 여전히 어렵군요. 근사한 이야기도 아닌데 폼만 잡다 내려오지나 않을까 걱정부터 앞섭니다. 여러분이 박수라도 보내주면 박수 값이라도 하기 위해서라 열심히 불러볼 터인데…. 박수쳐주시렵니까? 그럼 여러분을 믿고 열심히 불러보겠습니다. 그분 나오세요.

직업의 특성상 사람이 사는 곳이면 어디든 간다. 내 발길이 닿는 곳이 어디인지 그분만이 아는, 어찌 보면 처량하기 그지없는 생이다.

가벼이 시작하려하려 했는데 그분이 얼굴을 확 내밀었네요. 안 불렀으면 서운했겠어요.ㅋㅋㅋ

남들은 오지나 낯선 곳은 기피한다. 물론 나도 그러한 경향이 없다 할 수 없다. 그러나 그것은 바람일 뿐, 오면 가라하지 못한다. 그곳이 어느 곳인지 모르지만 그곳이 나를 필요로 할 거라, 내가 필요한 게 있을 거라 생각하며 마음을 비우고 간다. 서너 차례 돌아올 수 없는 곳을 갔지만, 그곳에서 나는 하나의 돌멩이라도 주워왔다. 해운대나, 만리포나, 대청봉이나, 육보산이나 사실 육안으로 보았을 땐 그저 똑같은 돌덩이지만 모두 각기 다른 성분과 다른 향을 담고 있다. 다시 말해서 같은 생각을 해도 대청봉에 걸터앉아 구름과 마주할 때와 만리포에서 수평선을 바라볼 때와는 다른 결과물을 선물해줌이 하나같이 소중하다.

밤새 동아줄처럼 잡고 있던 휴대폰을 놓아버리면 이름 모르는 어느 고요한 바닷가에서 목이 터질 듯 노래도 한곡 뽑고, 가슴에 묻혀있던 시도 읊어보고, 막아 두었던 수문을 열듯 목놓아버리면 까닭 모를 눈물이 철썩이는 파도와 몸을 섞기도 하고, 때론 그대로 잠이 드는 내가 아직 크지 않음을, 아니 너무 커버린 슬픔을 바다에 떠나보내고 싶기도 하다. 하지만 어찌하랴, 어찌하랴. 모두 내 것이요 또 내 것인 것을.

2. 공원에서

서序

그날은 온다
바람과 같이
그대의 뒤에 서서
그림자로 따라다닐

그날은 온다

그날은 두렵다
누구나 생명에의 애착으로
달아나려고 해도
날개는 이미 떨어지고
더 이상 숨을 곳도 없다

누구나 자신의 과거를 들고
속마음을 내어들고
줄을 서 있다
차례를 기다리는 그들의
표정이 없다

너와 나의 순서가 뒤바뀌고
전혀 다른 저울로 다루어질
그날에
내가 서 있을 자리는 어디인가
아픔을 느끼지도 못하고

그날은 오고야 만다.

1

빛이 있으라
그날은 어디에 있는가
누구나 기다리는 그날은
아니 두려워 외면하는 그날은
큰 손 뒤편 어디쯤에 숨겨져
아직 그날이 아니라고 한다

그날에 모두가 가려지리라
그날이 오면,
흰 새와 검은 새가 구별되고
가슴속 숨겨둔 욕심으로
자신의 형벌을 결정할
그날에
우리는 노래를 부르리라.

누가 지었을까요. 맞춰보세요. 너무 넓죠. 조금만 좁혀드
릴게요. 제목은 '그날의 빛' 입니다. 경무라고 그러려고 그러
죠? 애석하게도 경무는 아닙니다. ㅋㅋㅋ

대부분의 사람들이 출근을 하는 시각, 나는 어느 한 공원

에 발을 들여놓았다. 소나무와 메타세과이어가 어린아이를 품에 안 듯 갖가지 나무들을 보호하고 있었다. 공원의 중간 중간에도 큼지막한 소나무가 보초를 서는 듯 보이나 왠지 용병처럼 느껴지기도 하는 부자연스러움도 없지 않다. 그래도 그 품에서 작은 소나무 무리와 청단풍, 홍단풍, 무화과, 꽃사과, 회화나무, 섬잣나무, 목련 등 이름 모르는 요목(要木)들까지 잔디와 클로버를 깔고 게으름을 피우는 모습이 참으로 아름답다. 요목들 사이로 중간 중간 조각품들이 발길을 머뭇거리게 하고, 어떤 이는 괜스레 15도쯤 머리를 기울이게도 한다. 이 틈에도 발길을 멈추게 하는 곳이 또 있으니 작은 연못이다. 이곳은 마치 방명록을 보는 듯 아름다운 연인들, 소박한 엄마, 절박한 길손, 지친 아빠, 초등학생의 장난기까지 은색, 금색의 동전들이 뿌연 물속에서도 빛나고 있다.

태양이 화사한 의상으로 등장할 즈음 하나둘씩 아침 운동을 하는 이들도 눈에 들어온다. 이들의 눈엔 나는 어떻게 보일까? 삶의 여유를 즐기는 사람으로 보일까, 아니면 아주 사치스런 문화를 소유한 사람처럼 보일까. 갑작스레 남의 이목이 떠오르는 건 예전에는 나름 잘 다녔던 문화행보도 지금 내겐 사치적 소유처럼 되어버린 탓은 아닐까, 아니면 직업상 문화를 향락적 소유물로 여기는 이들을 많이 접하다보니 생긴 일종의 알레르기 반응은 아닐까.

어찌하든 지금 이 순간들은 너무도 좋다. 사치적 소유든, 향락적 소유의 반항이든, 매캐한 매연 속에서도 거침없이 쏟아내는 나무들의 호흡을 음미하는 이시간이 내겐 너무나 좋고 또 너무도 많은 것을 가르친다. 이들과의 교감은 어떠한 경우라도 놓지 않으리라.

앞의 시는 서정윤 님의 '그날의 빛' 중의 일부입니다.

2부 ★ 땅과 바다

니만 가라. 하와이 1

2007년 3월 19일.

20일 4시 40분경, 월요일이라 조금 일찍 퇴근하는 길을 전화벨이 잡았다. 5시까지 주차장에서 기다려달라는 콜이었다. 예약손님이라 약간의 여유를 부려서 일까 2, 3분 늦게 도착했는데 운전석에서 젊은 남자가 내리면서 "잘 좀 모셔주세요?" 하며 대답도 하기 전에 반대편으로 돌아간다. 차에 타보니 젊은 여자가 있고, 차 밖엔 콜을 부른 남자와 또 한 명의 여자가 있었다. 그때까지는 별로 이상하지 않았다. 그런데 그 남자가 명함을 꺼내 차 주인 여자에게 건네며 "다음에 다시 한번 찾아주세요"라고 말했다. 나는 또 직감적으로 혹시나 하는데 남자 옆에 있던 여자는 차주와 친구인 듯 "그럼 다음에 보자"며 인사말을 건네는 게 아닌가. 직감이 맞았다.

어디로 갈 것인지 묻자 부천의 지구역이라 했다.

"네."

나는 짧게 대답하고 운전을 했다. 나는 아직도 이런 사람들의 차를 운행하는 게 무척 서툴다. 그리고 서툴고 싶다. 운행을 한지 얼마 지나지 않아 그는 두세 곳에 전화를 했다. 약간의 시간차를 두고 마치 차 안의 어색함을 재우듯. 실제로 그녀는 그랬을지도 모른다. 통화내용은 그야말로 가관이었다. 이곳에서 30분은 족히 가야 하는 거리인데 고통스러울 것 같았다.

'참자, 이젠 조금은 익숙해질 때도 되지 않았는가.'

속을 달래며 대화의 소재를 찾는데 '헤드'가 돌지 않는다. 그녀의 통화 내용은 대충 이렇다. '술 마시러 호스트바에 갔는데 쓰레기만 있는 거야. 그래도 경무는 정신없이 놀고 있고, 경유도 온다고 해서 혼자 빠져 나왔다'는 내용이었다. 통화 내용으로 미뤄 최소한 다섯 명은 된다는 셈이다. 쓰레기라는 표현도 놀라웠고, 내게는 그 숫자도 놀라웠다. 흔히들 은밀히 이뤄지는 일이고 옆에 있는 친구나 동료에게도 드러내지 못할 거라 생각했던 일들을 태연스런 통화 내용에 나로서는 놀라지 않을 수 없었다. 그런데 더욱 놀라운 건 내가 화젯거리를 찾았을 때였다.

"여자분들은 술을 드셔도 별로 표가 안나요. 이 시간에 나오신 거 보면 많이 드셨을 텐데요?"

실제로도 그렇다. 아주 가까이 있지 않으면 표가 안날 때가 많다. 여자가 볼 때는 어떨지 몰라도 냄새도 별로 나지 않는다. 그녀의 대답이 또 한번 헤드를 멈춰 세운다. '9시부터 안산에서 마시기 시작해서 오늘 대리운전만 세 번째' 라는 그녀. 날씬한 몸매에 고운 얼굴, 보통 키보다 약간 큰 키. 이런 고운 여자가 왜 목적도 없이(?) 이 도시, 저 도시를 헤집고 다닐까? 궁금했지만 묻고 싶지도 않았다.

통화 내용이 기억나서 물었다.

"그렇게 드셨는데 또 술 약속을 하세요?"

그녀의 대답이 삐걱거리며 돌아가는 내 헤드를 멈춰 세우는 정도가 아니라, 아예 박살 내버렸다.

"신랑이 출장갔는데, 신랑은 내가 시댁에 있은 걸로 알거든요. 시댁이 이쪽인데 들어가기엔 아직 이른 시간이고 해서, 이쪽에 사는 친구랑 한잔 더 하려고요."

미쳐버릴 노릇이다. 내가 잘못 들었기를 바랐다. 아니 그녀가 친정을 시댁으로 잘못 말했으면 싶다. 친정이든 시댁이든 충격은 거기서 거기지만 말이다. 나이도 얘기했다. 서른

하고도 하나, 둘(노파심). 이 얘기를 듣고 그녀가, 아니 그네들이 불쌍해졌다. 과연 이들에게는 '꿈은 고사하고라도 세상을 무슨 재미로 살아갈까' 하는 의구심이 들었다. 중년이래도 놀라지 않을 수 없는데 결혼 초에 신랑이 없다고 호스트바에 들어 다니고 밤을 새워 가며 술을 마시는 이들에게, 가슴 시리게 하고 설레게 할 일이 무엇이 있을까. 무슨 재미로 살까? 무슨 재미로 더 남아버린 삶을 채운단 말인가. 나는 이들의 허드렛물 같은 시간이, 이들의 오바이트되는 돈이 더 이상 부럽지 않았다.

대화는 음주운전 경험 등의 소재로 이어졌고, 화려한 경력을 듣는 것으로 마무리를 지었다. 이런 사람들은 더 이상 만나지 않았으면 좋겠다. 남아있을 나의 삶에서.

어떤 이들은 이러한 나의 시각이 남성 우월적 시각이라 말할지 모르겠으나, 나는 성에 관한한 보수적일지언정 남성 우월주의는 아닙니다. 어느 나라 건, 어느 시대 건 여자보다는 여자의 성을 사는 남자가 훨씬 많습니다. 사실 요즘 남자들의 경우, 너무나 당당히(자연스럽게) 그룹을 이뤄 성매매장소로 팔짱을 끼고 들어갑니다. 그럼에도 내가 왜 여자의 화려한 외출에 정색을 하는가입니다. 이 문제를 나는 현실을 보며 본질로 접근해 보았습니다. 결론부터 말하자면 신이 여자를 만든 건 남자를 위해서 남자로부터 만들었습니다. 남자가 위대하고 잘나서가 아니라 남자 혼자서는 아무것도 할 수 없기에 남자가 활동하도록 하기 위함입니다. 다시 말해서 남자는 힘만 있을 뿐 스스로 생각하고 행할 수 있는 능력이 그저 다른 동물보다 고등일 뿐입니다. 고로 여자는 남자의 분신인 동시에 신으로부터 남자관리의 의무를 부여받은 것입니다. 하여 여자는 남자만으로 살 수 있지만, 남자는 여자만으로 살 수 없되 여자가 없이는 아무것도 할 수 없는 존재들입니다. 고로 관리자인 여자가 흔들리면 집안이 박살나는 것입니다.

또 볼까요. 신은 여자를 남자보다 훨씬 약하게 만들었습니다. 하지만 그들은 남자보다 오래 삽니다. 남자보다 더 많은 일을 하고, 죽을 만큼의 고통이라는 자식을 생산하고, 그러면서도 훨씬 다방면을 생각할 수 있는 능력을 줌으로써 스트레스 또한 훨씬 많으므로 여자가 먼저 죽는 건 당연할 것이나, 그럼에도 불구하고 여자는 남자보다 결코 먼저 죽지 않습니다. 왜 신으로부터 부여받은 관리자로서의 마지막 역할은 해야 하기 때문인데, 관리자인 여자가 역할과 의무를 알지 못하고 알면서도 져버리는 무책임한 행동들에, 내가 남자의 외도를 묵과하거나 간과하고자 함이 아닌 여자의 화려한 외출에 더욱 민감히 반응하는 이유인 것입니다.

성에 대해 보수적이다, 진보적이다, 우월적 시각이네, 열

등적 시각이네를 떠나 본질, 즉 본래의 성질, 역할이 무엇인지 재정립하는 시간이 되었으면 좋겠습니다.

　어느 시간부턴가 복고풍이 유행한다는 말이 도는데 우리네 정서에도 복고바람이라도 불었으면 좋겠습니다. 이쯤 살다보니 흐르는 강물도, 거센 바람도 인간이 막을 수 있다지만 사람 사이에 이는 대세는 인력으론 막을 수 없다는 걸 알겠습니다. 하지만 조금 더디 가게 할 수는 있지 않을까요? 성은 더욱 무서운 속도로 바코드화되겠지만, 성을 매매하는 행위는 우리라도 하지 맙시다. 제어할 수 있는 이는 '누가' 가 아닌 '당신' 밖에 없습니다.

니만 가라. 하와이 2

2007년 여름쯤으로 기억한다. 사십대 전후로 보이는 여자 두 분이 급히 대리기사를 찾았다. 내가 다가서자 기사 한명이 더 필요하다고 해서 불러 주었더니 여자 한 분이 "두대 다 5분 거리의 시내 가는데 2만 원씩을 줄 테니 중간에 10분 정도만 기다려 달라"는 것이다. 나는 당연히 "네, 그러시죠" 하고 기분 좋게 출발했는데 내가 운전하는 차에 두 여자가 함께 타고, 한 차는 빈차로 내 뒤를 따랐다. 목적지는 다르지만 경유지는 같았다. 경유지는 근처에 있는 24시 대형마트였다.

사실 그날은 기억하지 못해도 그때 시간은 정확히 기억한다. 마치 직업병처럼. 새벽 4시 20분. 두 사람은 친구 사이였고, 민첩하고 명석한 두뇌를 가진 한 명과 조금은 어리숙한 듯한 한 명. 명석한 여자가 친구에게 지시하듯 말했다.

"대충 아침거리랑 가짓수 많게 과자 같은 거 빨리 사고 집에 들어가서 이빨 몇 번 더 닦고 아침 준비해, 알았지? 아침에 샤워한 거처럼 머리감고 머리는 말리지마, 알았지. 저번처럼 의심하게 하지말구, 알았지?"

알리바이에 확인사살까지 하는 듯한 치밀한 그 여자. 아주 짧은 시간동안 지시를 했지만 이미 오래전 터득해 이제는 몸이 먼저 알아서 하는 듯한 그녀들에 행동. 나는 그저 어안이 벙벙했다. 그들이 어디에서 무엇을 했는지 알 수도, 필요도 없으나 서로의 잘 짜여진 알리바이가 그들에게도 적잖은 양심적 범죄를 저질렀음을 말하는 것만은 확실했다. 슬프고 괴로운 건 어쩌면 나도 그들에 양심적 범죄를 돈 몇 푼에 돕고 있는 꼴이 주체할 수 없이 한심하고 답답하다는 것이다.

나는 군대 가기 전 삼개월 정도 노래방에서 아르바이트를 했었다. 지금 노래방들은 거의가 주점화되고 변태스런 이미지가 되었지만, 90년대 초엔 아마도 그대로 노래방이 대부분이었을 것이다. 500원을 넣는 곳이 있었고 시간으로 넣기도 했는데, 동전 넣는 곳은 한 곡이라도 더 부르려면 빨리 선곡해야 하는 부담이 없어서 좋으나 버튼을 잘못 누르면 500원을 날린다는 것과 내게 맞지 않은 곡을 선곡했을 땐 여간 고통스런 시간이 아닐 수 없다. 당시 노래방기계에는 기기마다 그날그날에 노래 수를 조회할 수 있었다. 처음엔 몰랐지만 2개월 정도 지났을 때 사장이 알려주었다. 전에 있던 '알바생'은 낮 손님은 자기 손님이었다고. 당시 그 노래방은 카운터에서 금액만큼 입력해 주기 때문에 종업원의 입장에선 '마이포켓'이 가능했고, 사장 입장에선 조회기능이 있어서 그걸로 종업원들을 감시(?), 평가할 수 있었다. 그런데 우연히 알게 된 것은 카운터에서도 버튼을 누를 때마다 토털 개수가 입력되기 때문에 알 수 있지만, 그건 토털이고 개별은 아니었다. 개별이 합쳐져서 토털은 되지만 기계별 합이 카운터의 합과 일치하지 않게 하는 방법이 있다. 그것도 기기를 조작하는 리모컨이 아닌 카운터의 입력버튼에서 너무도 쉽게 고의적 오류를 일으키게 할 수 있다. 매일같이 기기별 조회를 하는 건 사장 입장에서도 여간 피곤한 일이기에 가끔 하는 감사 수준이었다. 고의적 오류는 우연한 나의 실수로 알게 되었는데, 1번 방에 10곡을 넣는다고 가정하면 카운터에서 1번 방 버튼을 열 번 누르면 된다. 한가한 시간에는 두세 곡 정도 더 주는 게 보통이기에 그만큼의 포켓은 가능하다. 오류방법은 더 간단했다. 1번 방에 입력할 때 1번 방과 2번 방 버튼을 동시에 누르면 카운터 토털기기는 10번으로 인식하지만 개별기기는 각자 인식하게 되어 카운터 기기만으로는 '마이포켓'을 알 수가 없다. 사실 몇 번 써먹은 적이 있다. 돈을 포켓한 건 아니지만 낮에 자주 오는 '중고딩'들에게 선심 쓰듯 반값 세일을 해주는 셈이었다. 배보다 배꼽이 크다더니 삼천포도 더 지나버린 거 같다. 아무튼 노래방에서 알바를 하던 어느 날이었다. 중딩 두 팀 중 한 팀이 캔맥주를 숨기고 들어왔는데 맥주팀 대 비맥주팀간 시비가 붙었다. 왜 싸웠는지 묻지도 않고 진압(?)한 후 카운터 앞으로 불러 모았다. 경무 왈,

"아저씨가 길게 얘기하지 않고 5분만 이야기 할 테니까, 머릿속에 딴 생각하지 말고 잘 들어라. 지금부터 너희 친구 얼굴을 잘, 아주 자세히 잘 살핀다, 실시!"

녀석들은 서로 멋쩍은 웃음을 보이며 교감을 나눴고 1분 정도가 흘렀다. 경무 왈,

"(한명씩 지목하며) 너, 친구 잘 봤니? 너, 친구 얼굴 잘 봤어? 다음은 또 친구 얼굴을 보는데 '저 친구가 멋진 친구이고, 누구한테든 떳떳하고 자랑스럽게 내 친굽니다' 라고 소개시킬 수 있는 친구인지 본다, 실시!"

그때 녀석들이 7~8명이었는데 겨우 반 정도만이 얼굴을 들어보였고 반 정도는 머리를 들지 못했다. 얼굴을 든 이들도 서로의 시선은 피했다. 또 1분 정도가 흐른 후 입을 열었다.

"다음은 마지막이니까, 모두 친구 얼굴을 볼 수 있기를 바란다. 이번 역시 친구 얼굴을 보는데 너에게 좋은 친구가 되도록 노력할 테니 너도 내게 멋진 친구가 되어주길 바란다, 실시!"

처음 세 명은 얼굴을 들지 못했다. 그래서 내가 도왔다.

"너희들은 중학생이다. 앞으로 고등학교, 대학교, 어른이 되는 동안도 이처럼 친구에게 부끄러운 얼굴이 되겠니? 어디에서 만나도 피해야 하는 얼굴로 자신을 만들거니? 지금 너희들의 얼굴이 아닌 앞으로의 자신의 얼굴에 자신이 없어?"

그러자 두 명은 어렵사리 얼굴을 들었다. 한 명의 머리는 더욱 수그려들었지만 어쩌면 그 녀석은 내가 첫 질문을 던졌을 때 이미 나의 의도를 파악했을지도 모른다. 아니 그렇게 믿고 싶다.

우리가 살아가면서 누군가에게 부끄럽지 않게 산다는 것, 그것은 아마도 불가능한 일일 게다. 사촌이 땅을 사면 배가 아프다는 말도 있듯 시기, 질투, 나 살기 위해 경쟁자를 패배자로 만들어야 하는 과정으로부터 만들어지는 죄 등 이루 열거할 수 없겠지만, 이런 것들은 차치하더라도 모든 사람이 죄라고 생각할 수 있는 죄는 짓지 않고 살아야 그나마 좀 떳떳하고 부끄럽지 않은 생을 살았다 자위할 수 있지 않을까?

지금도 나는 내게 반문한다. 경무야, 너는 친구에게 부끄럽지 않은 얼굴이니? 어머니에게, 아버지에게, 아내에게, 자식에게, 하늘에게 부끄럽지 않니? 앞으로라도 부끄러운 얼굴만은 되지 않도록 더욱 노력하겠노라고 다짐해본다.

〈추신〉

여기에서 나는 말하고 싶다.

당신의 양심에서 죄라고 한다면 제발 혼자 하소.

따라해 봅시다, 나쁜 짓은 혼자서. 다시 한번, 나쁜 짓은 혼자서.

포크족

　다음 이야기는 일정기간 단골이었던 한 남자의 얘기를 하고자 합니다. 나이는 불혹을 전후하고 평범한 직장에 중견간부인 말 그대로 평범한 사람이었습니다. 나는 이 양반을 보며 비위를 다스리면서 하나의 샘플을 완성했습니다.

　이 양반을 만난 처음 3개월 가량은 최소한 나의 눈에는 내연의 여인만을 만났다. 한적한 시골길을 달려 안개도 쉬었다가는 작은 마을의 어귀는 나의 머리마저도 쉬게 하는 희한한 곳이었다. 그곳은 갈만큼 갔는데도 불구하고 이상하게도 별다른 생각을 해보질 못했다. 여자의 집에 도착해서 그들의 마지막 의식을 기다리는 시간은 대략 5분에서 10분. 나는 차에서 내려 깨끗한 공기를 보약인 양 열심히 마시면서 이 커플을 중간정리해 보는 시간으로 활용하는데, 생각을 하는 것인지 아니면 안개처럼 보이지만 잡을 수 없는 것인지 참으로 희한한 곳이었다.

동네는 작고 완만한 산의 8부 능선쯤에 위치해 있고, 도로는 산 정상을 가로질러 곁가지 모양으로 되어있는 곳으로 동네가 발아래 그려지고, 밭이 계단을 이뤄 볼품 있는 풍경을 그려낼 것 같으나, 작고 완만한 산이라 그런지 그곳은 전혀 화폭에 담을 수 없는 구도를 하고 있었다. 마을 입구 양쪽으로 작은 밭이 있고, 집들은 겨우 가슴만을 드러내고 있었다. 게다가 주변은 소나무 머리가 눈을 가려서 그야말로 숨 쉬고 있어서 공기가 드나드나 보다 하지, 답답하기 그지없는 곳이었다.

아무튼 이 양반은 거의가 예약을 하기 때문에 내가 운행할 수 있었고, 한가한 시간대에 움직이기 때문에 상당기간에 걸쳐서 관찰할 수 있었다. 관찰한 기간은 제법 되지만 실제 이야기를 나눈 것은 그 어떤 손님보다도 적다. 이 점이 내게는 역겨움을 이기며 관찰할 수 있게 한 가장 중요한 부분이다. 만약 이 양반이 말이 많아서 자기의 부적절한 관계들을 희석시키려는 노력을 했었다면 아마도 나는 샘플을 완성하지 못했을 가능성이 높다. 그와는 항상 서로의 인사치 이상을 넘는 대화를 하지 않았다. 그가 침묵한 이유는 모르나 나는 이 양반과 깊은 대화를 나누기엔 역겨움을 감내할 자신이 없었다.

이들은 여자가 내릴 때까지는 둘만의 교활한 동물적 마음만을 확인했고, 서로가 돌아섰을 때는 자상한 아버지(남편)의 가면, 예쁜 엄마(부인)의 탈로 능숙한 솜씨를 뽐내며 완벽하게 변신해버렸다.

그럼 지금부터 그들의 도청 내용의 일부와 남자의 식성을 토대로 샘플을 만들어 보자.

이 양반의 내연녀는 30대 중반이고, 남편은 건설 쪽 일을 하는 평이한 가정의 주부였다. 처음 소개할 때는 그냥 친구였으나 후에 그들만의 대화 중 5년 전 수원 토성동의 한 클럽에서 부킹으로 만난 이들이었음을 알았고, 놀라운 점은 서로의 배우자들과도 지금은 왕래한다는 사실이다. 그는 두어 번 서류상 부부와 술자리를 했고, 때론 내게 전화를 했다. 지금도 그들 배우자의 눈이 나의 가슴을 억누른다. 어떻게 그들이 서로의 배우자들을 속였는지는 모르나 대담하면서도 대단한 '연놈들'이다. 등잔 밑이 어둡다 했던가. 인간의 역사가 있는 한 이들처럼 이 속담을 증명해 보이는 이들은 결코 대가 끊이지 않을 것이란 생각을 해본다.

이들의 얘기는 나와 알고 지낸 기간만큼 적지 않지만 이쯤으로 하고, 이 남자의 또 다른 여인네 둘을 통해서 우리가 자신을 보다 냉정히 평가하고 이상을 현실로 이룰 수는 없겠지만 근사치에 가고자 하는 마음과 노력은 해야 하지 않을까 하는 마음에 이 내용을 담는다.

어느 날이었다. 이 양반의 차에 세 명의 여자가 먼저 접시 깨기 내기라도 하듯 조잘조잘, 청일점인 남자를 잡기에 여념이 없는 듯 보였다. 그리 잘나지도, 못나지도 않은 남자의 속내를 아는지 모르는지 서로를 내심 비웃어가며 시선을 잡아두기에 바쁘다. 순간 나는 생각했다. '칭찬이 잠자는 고래도 춤추게 한다면, 경쟁은 멀쩡한 사람도 미친개로 만들어 버린다'라고. 경쟁자가 있으니 집안에 남편도, 아이들도, 친구도 이 순간만은 이 남자보다 중요치 않은 모양새다. 정말 미치고 환장할 노릇이다. 미친개들을 차례차례 각각 격리시키고 난 후 이 남자가 말했다.

"이곳에 사는 동창들끼리 술 한 잔 했는데 정신이 하나도 없네"라고.

'그 상황에서 정신이 있었으면 그게 제 정신입니까?' 라고 쏘아붙이고 싶었다.

　사실 이들 중 두 명의 여자는 이 남자와 그저 몸을 뒤섞은 관계다. 다른 한 명은 모르지만 두 명은 영향력 없는 나의 눈에 딱 걸렸다. 한 명은 모텔에서 나오다가, 다른 한 명은 여자의 지나친 애정표현과 참을성 없는 성깔 때문에 단정 지어도 무방할 듯싶다.

　대리운전의 특성상 모텔이나 술집들은 자주 지나가기도 하지만, 어떤 곳에서든 화려한 조명을 좇아 발길을 움직이는 불나방처럼 대리기사에게는 거의 반사적인 곳이다.

　누구나 한번쯤은 자신도 모르게 나온 행동이나 말 때문에 자기 머리를 쥐어박은 적이 있을 것이다. 예를 들어 꼴도 보기 싫던 사람이었는데 외지에서 우연히 마주쳐서 반갑게 아는 체를 했던 일, 목욕탕이나 공중화장실에서 마주친 원수와도 같던 사람과 어쭙잖게 머리를 조아린 일 등. 이 양반 역시 모텔에서 나오다가 우연히 마주친 나를 보고 ,

　"사장님이 여기 어쩐 일이야?"

　그는 순간적으로 반가이 인사를 했지만, 나는 그를 볼 수도, 답을 할 수도 없었다. 보진 못했지만 파트너가 옆구리를 찔렀을까, 그냥 머리만 조아리는 내게 "그럼 다음에 봅시다" 하며 모텔 앞 골목에 세워놓은 차로 급히 몸을 가렸다.

　한 치도 못 보는 내 눈이야 피할 필요도 없겠지만, 아무리 숨긴들 하늘 아래이고 아무리 속인들 양심을 속일 수 있겠는가.

또 다른 여자는 꽤 여러 번 보았는데 남자의 법적 부인과 비슷한 외모에 비슷한 향을 풍겼다. 아파트가 같았다면 나는 무척 헷갈릴 정도로 어둠에서 보는 그들은 아름다운 부부였다. 어떤 이는 이 글을 읽으며 소설을 쓴다 할지도 모르겠지만, 사실은 여기서 글로 표현한 것보다 훨씬 더 드라마틱한 장면을 그들이 연출해 주었다.

어느 날이었다. 6개월 넘게 알고 지낸 남자가 이날은 예측할 수 없는 곳에서 나를 불렀다. 가서보니 모임이 있었던 듯 여럿이 다음을 기약하며 헤어지는 어수선한 분위기였다. 멀찍이 그를 기다리는데 부인처럼 보이는 여자와 불빛을 등지고 내게 왔다. 가벼이 여자 분과 인사를 하고 운행을 하는데 남자는 완전히 다운되어버렸다. 여자에게 말을 건넸다.

"모임 있으셨나 봐요?"

"네, 동창회 했어요."

"그래서 사장님이 과음하셨군요."

이때까지는 이 여자 분이 법적 부인인 줄 알았다.

십팔 분쯤 흘렀을까, 뻗어버린 남자를 여자가 가만히 내버려 두지 않고 낯짝을 잡고 자신의 얼굴과 맞대보고 '지랄'을 했다. 나도 모르게 숫자가 튀어 나오려는 것을 겨우 붙잡

앗다. 룸미러를 돌렸지만 남자의 숨소리가 보다 많은 것을 보여주었다.

여자 집은 남자 집 가는 길에 있는데 여자가 자기 집 근처에 오자 남자를 깨우며

"자기야, 나 간다. 일어나봐 자기야, 자기야."

자기라는 말이 나는 이젠 때로는 너무도 역겹다. 이런 족들의 이름은 죄다 자기다. 18(후련하네요). 나는 그 여자의 말을 못들은 척 남자 집에 차를 세우고 그들을 차에 남긴 채 돌아왔다.

지금도 그날을 생각하면 18년 전 먹은 김밥이 줄줄이 기어오르는 것만 같다.

TV 영향인지 동창회 하는 모습은 어렵지 않게 볼 수 있는데 이와 같은 장면을 연출하는 연놈들을 보려면 편의점이나 피시방 찾는 것만큼 쉽다. 어떤 이의 대화 중 기억에 남는 한 여자의 명대사가 있다.

"자기야, 다음부터는 조금 일찍 만나던가 아니면 눈치 봐서 빠져 나오자. 소득도 없이 이게 모야아~."

미치고 환장할 노릇이다. 경무가 이분들에게 한 가지만 부탁하고 싶다.

'코 좀 풀고 말해에.'

여자들이여! 제발! 중심 좀 잡아주오.

내 남편 바람피우는데 눈 뒤집어지듯 당신이 만난 남자의 부인은 땅이 갈라지고 하늘이 무너져 내림을 여자인 당신이 모른다고 외면치 않기를 바랍니다. 이렇게 얘기하면 "남자는요?"라고 핏대를 세울지 모르나, 이 책을 제대로 읽은 당신은 충분히 이해할 줄로 믿습니다. 아멘? 오케이 아멘.

아무튼 이와 같이 묻지도, 따지지도 않고 먹고 보고, 주고 보는 연놈들을 나는 '포크족'이라 부릅니다. 불륜의 이야기는 우리가 눈으로 볼 수 있는 별만큼이나 많으니 포크족이라 부르는 이유는 다음 장에서 언급하기로 하겠습니다.

여기의 남자가, 여기의 여자가, 당신의 배우자라면 당신은 이성적일 수 있겠습니까? 동·서·고·금을 망라하여 배우자의 성에 관한한 제자리걸음임을 머릿속에라도 정 가운데에 새기는 계기가 되길 바랍니다.

아울러 여자가 여자를 이해하지 않으려하고 위하지 아니하면 가정의 평화는 물론이요, 평생토록 갈등이 떠나지 아니한다는 사실을 아시기 바랍니다. 아멘?

고향의 소리를 찾아서

"자기 어디야아~?"

"집에 가는 길."

"지금까지 술 마신거야."

"아니야."

"자기 그러지마. 자기가 그러면 내 가슴이 더 찢어지는 거 몰라. 우리 시간 좀 갖고 생각 좀 하자, 으응."

"보고 싶어 미칠 것 같다, 안고 싶어 돌아버릴 것 같다고."

"지금 당장 어쩌자구우. 자기만큼 나도 힘들고 괴로워. 나도 미치도록 자기가 보고 싶은 걸 흐흐흐."

"하~."

뚜, 뚜, 뚜, 뚜.

"전면주차 안하면 스티커 부치거든요. 고맙습니다."

이 소리는 2007년 6월 7일 03시경 경기도 시흥시 신천동에서 녹취한 내용으로, 이들 30대 남자와 30대(?) 여자의 대화 중 내면과 외면을 자유자제로 오가며 서로를 농락하는 추잡하고 역겨운 소리의 한 대목이었습니다. 가슴 아픈, 이토록 가슴 시리게 하는 대화를 듣고 역겹다니? 나도 가슴이 아프고, 눈물이 현기증을 불러 왔으면 좋겠다, 차라리.

전면주차를 하는 강인한 정신력과 고맙다는 따스한 예의와 잔돈을 돌려받는 마음의 여유까지, 핸드폰에 통화기록 삭제는 밥 먹고 물 마심같이 이뤄졌다. 이런데도 여러분은 가슴이 아플 수 있습니까? 여러분도 상대를 이렇게 농락하지는 않았습니까? 당신의 양심을 이렇게 농락하고 있지 않느냐 이 말입니다.

양심이란 가훈 걸이에 메달아 놓는 가정용 교재가 되어서는 훌륭한, 용감한, 똑똑한, 또 돈 많은, 또? 건강한, 또? 양심적인 또? 결코 이런 2세는 만들어지지 않습니다. 그저 우리 엄마가, 우리 아빠가 정직 가훈 밑에 살포시 걸어두는 이중적이고 간사한 모습만을 쏙 빼가서 척척박사가 될 것입니다. 해

놓고도 안한 척, 하지 않고서도 자기가 한 척, 알지도 못하면서 아는 척, 더럽고도 더러우면서도 깨끗한 척, 가난한 자 앞에서는 없는 척, 있는 자 앞에서는 그래도 내가 더 많이 있는 척, 약자에게는 강하고 강한 자 앞에서는 불면 날아 갈 것 같은 척, 세상에 그 누가 카멜레온을, 변신 춤을 보고 우리보다 더 잘 한다 박수를 칩니까. 그들이 아무리 변신을 잘하고 위장을 잘해도 나와 당신만은 못합니다. 우리는 알고 있습니다. 훌륭한 교재와 똑똑한 교사가 훌륭한 인재를 만드는 것이 아니라 양심을 갖춘 현명한 자라야 만인이 존경하는 인물을 만든다는 사실을 의심치 맙시다.

앞의 대화와 같이 이루어졌으면 하는 사랑도 있습니다. 결혼한 이들이 또 다른 사랑을 한다 하여 그들이 모두 불결하다고 할 수는 없을 것입니다.

세상의 말로 '내가 하면 사랑, 남이 하면 불륜' 이라는 말에서 알 수 있듯 내 사랑, 즉 이루어졌으면 하는 사랑도 있다 이 말입니다.

그러면 왜 내가 하면 이루어져야 할 사랑이고, 남이 하면 불결한 동물적 행위가 되는지 생각해 보겠습니다.

왜 내가 하면 눈물 나는, 애절한, 가슴 아픈, 운명적, 가슴 시린 사랑이고, 남이 하면 몹쓸 불륜으로만 치부되는 것일까? 한가한 경무가 또 생각해 보았습니다. 정말 할 일 없죠?

제가 왜 이런 생각을 하게 됐냐면요. 사실은 하고 싶어서 한 게 아니라 책 속에 등장하는 또 편집된 많은 이들이 자동으로 생각하게 만든 겁니다. 누군가는 이런 쪽에 책도 냈을 것도 같은데 그 양반은 명함도 있을 것 같고, 인문학적, 사회적, 생물학적 등 학술적으로 접근했을 것 같으니 내가 시간 쪼개가며, 두통과 혈압관리해가며, 나름대로 생각해 봤습니다. 준비 되셨나요. 그럼 하이킥 들어갑니다. 이제는 자동으로 하이킥 맞을 준비를 하시네요.ㅋㅋ

내가 하면 사랑, 남이 하면 불륜인데, 나는 애절하고 고귀한 사랑이니까 그대로 둡시다. 그리고 옆집의 불륜이나 들여다봅시다. 우린 이런 걸 좋아하잖아요. 옆집은 왜 불륜인가 보니 사랑이 아니야. 다시 말해서 로맨스적이지 못하다 이말입니다. 이해가 되죠? 그러니까 로맨스적이면 나와 같은, 이루어졌으면 하는 사랑이 되는데 로맨스적이지 못하기 때문에 불륜이더라. 그렇다면 로맨스, 사랑이 뭔 말인지 저는 모르니까 불륜을 풀어보았습니다.

불륜 : 인간으로서 지켜야 할 도리를 벗어남. 아하, 그러니까 한마디로 인간적이지 못하다 이 말이잖아요. 불륜이 사회적 죄이지, 인간적 죄는 아님에도 나를 제외한 다른 이들이 인간적 죄로 인식되는 이유는 그들이 인간적이지 못한데서 비롯된 것이 아닐까요. 그렇다면 인간적인 사랑이면 된다

는 뜻인데 왜 인간적 사랑이 되지 못하는가를 생각해 보니 인간적 사랑이 되기 위해선 최소한, 어디까지나 최소한 주변에 돌팔매질을 감내해야 하는데 그러지 못하기 때문이 아닐까? 즉, 사회적 죄를 감내했을 때 인간적 죄가 상쇄됨은 아닐까? 맞아요.

그렇다면, 나는 지금 인간적 사랑을 하고 있는가? 아니면 야만적 사랑, 즉 내 것은 그대로 내 것이요, 필요에 따라 남의 것도 내 것이라는 동물적 욕정을 '사랑' 이라는 단어로 포장하고 있지는 아니한가? 옆집 사람은 후자가 확실한데 당신은, 당신은 전자입니까? 후자입니까? 답을 하지 못하시는군요, 그렇다면 당신도 불륜입니다. 다시 말해서 당신은 인간적이지 못하다 이 말입니다.

채워주시죠

파장의 분위기가 연무와 함께 주차장을 덮고 있는 시각이었다. 이때 말짱히 걸어오는 한 남자. 대리운전을 부탁한다. 목적지는 서울의 역삼동. 방향을 잡고 녹음테이프를 켜니 '자리가 늦어지셨네요?' 이제는 제법 부드럽게 흘러나왔다. '일이 늦게 끝나서 밥 먹으면서 한잔했어요.' 나는 생각한다. '다행이다. 포크족은 아니구나. 괜히 미안타.' '요즘 같은 불황에 바쁘시다니 좋은 현상이네요.' 미안함이 말을 따스히 데운 듯하다. 그러나 (그날 이후 지금까지 곰곰이 생각해보니) 이 남자에겐 조금 뜨거웠지 않았나 생각된다. 그럼 얼마나 뜨거웠는지 보자.

"바쁘긴요. 사장님이 외국에 나가시는데 모셔다 드리고 왔어요."

"식사도 못하시고 고생하셨네요. 그런데 두세 시간 있다가 출근하시려면 공항에서 바로 퇴근하시지 않고 이곳으로 오셨어요? 해 뜨면 금요일인데…?"

"사장님 외국 나가는 날이면 다음날 출근 안 해도 뭐라고 안 해요. 그래서 내일은 쉬고 주말엔 차 쓸 일도 있고 해서 내 차로 바꿔 타고 갈려고 다시 왔다가 배고파서 밥 먹으면서 반주로 한 병 했죠."

"그러면 삼일동안 휴가네요?"

"뭐, 그런 셈이죠."

"직장 생활하는데 이런 낙이라도 있어야죠."

내가 웃음으로 동조하고 그 여운이 채 가시기도 전에 그가,

"아저씨, 여기서 인천으로 돌릴 수 있을까요?"

"네, 갈수야 있죠. 그런데 갑자기 왜?"

"여기서 얼마나 걸려요?"

"30분 내외면 될 겁니다."

"대리비는 얼마나 드리면 되는데요?"

"글쎄요. 그냥 돈 만 원만 더 주세요."

"그러면 인천 효성동으로 가주세요."

이때까지는 차가 느끼는 불안감과 그의 본심을 나는 모르고 있었다. 그리고 어쩌면 내가 아닌 다른 기사였다면 그가 새벽에 혼자서 반주를 하고 목적지를 급변경하는 이유를 당신에게 들려줄 수 없었을지도 모를 일이다. 내가 너무나 오버하는지는 모르나 경무는 이렇게밖엔 납득할 수 없다. 이 정도로 그의 말은 경무도 상당시간을 요하는 미스터리였던 것이다.

"집이 서울 아니세요? 갑자기 인천에는 왜 가세요?"

"○○이 회사라고 아세요. 이쪽에서는 제법 알려진 회산데."

"…? 글쎄요. 들어보긴 했는데 회사이름 정도죠. 그런데?"

"우리 회사 사장님이 연세가 좀 있으신데요. 사장님도 집은 서울이고 그런데…."

망설인다. 몹시 망설인다. 그가 망설이는 만큼 나도 궁금해진다. 나는 분명 인천을 왜 가는가를 물었을 뿐인데 갑자기 회사가 나오고 사장님까지 등장하니, 상당히 궁금해졌다. 자칫 화제를 돌려버리면 그는 돌아오지 않을 것이다. 헤드가 급가동을 시작한다. 그러나 나는 나의 헤드가 그리 빠르지 않다는 것을 잘 안다. 쉽사리 넘겨짚을 만한 소스도 찾지 못하였고 적절히 독려할 수 있는 말도 떠오르지 않았다. 그렇다고 그의 입만 바라보고 있어서는 물고기가 낚싯바늘의 미끼만을 먹고 달아나듯 유유히 모습을 감출 것이다. 생각이 이쯤 미치자 내 안에 나도 모르는 놀라운 힘이, 내가 느끼기도 전에 그를 잽싸게 붙잡고 늘어졌다.

"사장님 연세가?"

고작 여기까지였다. 그러나 지금 생각하면 적절한 유도심문이었을 수도 있었겠다 싶다. 그의 입에서 사장의 등장은 극히 부자연스런 입장이었으나 내가 다시금 사장을 등장시켜 줌으로써 자연스러워졌고, 그로 인해 그에게는 어두운 밤길의 든든한 동반자가 되니 부담이 덜할 것이고, 무거웠던 두려움이 용기처럼 느껴지게 하는 아주 적절한 독촉장이 되었지 않았을까 자평해 본다.

"사장님이 연세가 좀 많은데, 젊은 여자가 있어요. 중국여잔데요. 굉장히 예뻐요. 그런데 집이나 회사 근처에 두면 불안해서 인천에다가 살림을 차려놓고 왔다 갔다 하거든요…."

인생 쉬운 게 없다더니만 원숭이가 재주부리다 말고 바나나 더 달라는 듯 또 멈춰 버린다. 도대체가 인천 가는 길이 왜 이리 먼 거여. 당신도 지루한데 경무는 얼마나 멀었겠소. '내가 궁금한 건 사장의 여자가 궁금한 게 아니고 당신이 왜 가냐구요?' 말뜻을 못 알아들어. 보자보자 하니까 빙빙 돌리고 난리여. 속에서 간질간질 화가 났다. 나한테는 바나나도 없고 모르것다. 군밤 한 대 쥐어박고, 재주부리든지 말든지 맘대로 해라. 원숭이 재주가 거기서거기지. 뭐 특별한 게 있다고.

"근데 선생님은 인천에 왜 가세요?"

마이 참았다.

"에이, 아시잖아요?"

'허. 뭘? 당신이 무슨 말했는데?'

'원숭이가 사람을 비웃는 것도 아니고 자기가 한 게 뭐가 있다고 할 얘기 다한 것처럼 이해가 안 되냐는 표정으로 보는데. 동물학대 비난받더라도 사람을 무시하는 동물의 눈빛은 나는 용납할 수 없다. 뭐가 사람 열 받게 만드네. 이 자식을' 하면서도 나의 감정을 일단은 한번 더 억눌렀다.

"아~ 예에."

아는 듯 이해하는 듯한, 나의 반응에 그는 용기를 얻은 듯

"사장님이 외국 나갈 때만 가끔 가서 자고 오거든요. 근데 여자가 진짜 이쁘기도 하고 침대에서도 진짜 잘해요."

나는 아무런 질문도 하지 못했다. 아니 생각할 수 없었다. 충격을 감내할 자신도 없으면서 그의 입을 통해 확인하려했던 내가 어리석었다.

그가 주차해달라는 곳은 현재아파트 222차 밖의 담벼락 밑이었다. 아파트 입구와는 거리가 먼 곳이라 주차하면서 아

니지, 그럼 그렇지. 나는 그렇게 믿고 싶었나 보다.

그런데 그 왈,

"명함 있으면 한 장 주세요. 혹시나 아침에 술 안 깨면 전화 드릴게요. 기사님이 못 오셔도 연계는 되는 거죠?"

타이슨의 주먹이, 본야스키의 하이킥이, 꿈 깨라는 식으로 날아왔다. 그는 멋들어지게 나를 한방 먹이고 아파트 개구멍(쪽문)으로 몸을 피했다. 희한하게 기억되는 것은 그 아파트 쪽문은 진짜로 개구멍처럼 보인다는 것이다. 시간이 남아돌면 그곳을 다시 한번 찾아가 보고 싶은 생각도 든다. 쪽문에서 약 50미터쯤 담벼락을 타고 내려오면 24시 해장국집이 있다. 나는 그곳에서 무언가 허기진 것을 채우려 했던 기억이 있다. 하지만 허기진 곳이 어딘지 몰라 채울 수 없었다.

사실 내가 채울 수 없어서 쓰지 않았지만, 당신이라면 채워줄 수 있으리라 생각했기에 한 페이지를 차지하게 되었습니다. 채워주시죠.

경무 뷔페식당

2007년 6월 7일.

이 양반을 만난 건 8일 0시 30분경이다. 처음 그와 함께 있던 친구가 말하기는 '화성의 남양동으로 모셔 달라'고 했다. '화성의 남양동이라 가야 하나 말아야 하나.' 이 시간에 그곳에 가는 건, 득보다는 실일 확률이 훨씬 높은 곳이지만 가자는 사람을 먼저 외면할 수 없어서 차에 올랐다.

"기사님, 수원으로 갑시다."

'오케이.'

속으로 안도의 한숨을 쉬며,

"수원 어디로 모실까요?"

"오목천동으로 갔다가 한사람 태우고 구운동으로 갑시다."

"아, 네에."

'오늘 좀 되겠는걸.'

속으로 '앗싸아~'를 외치는데 이놈이 나의 호기심을 확당긴다. 어딘가 전화를 하더니 30분 후에 나오라고 한 후, 전화기를 내려두고 주섬주섬하더니 작은 통에서 무언가를 꺼내 한 입 깨물어 먹었다.

"사장님, 무슨 약을 이 시간에 드십니까?"

나는 참으로 멍청하다. 어딘가 안 좋은데 술을 먹었나 보다 내심 걱정하며 말을 건넸는데 남자 왈,

"이거요, 시리얼이에요. 기사님도 하나 드릴까요?"

"아~네에, 하나 주시죠."

호기심에 한 알을 받아들고,

"효과는 있습니까?"

또 한번의 멍청한 나의 질문에 그는 물 만난 메기였다. 장황한 설명을 하며 그는 비뇨기과에 관한한 이제는 박사급이라나. 아무튼 나에게 말하기를,

"먹어보니 비아그라보다 시리얼이 효과가 좋아요. 기사님은 1/4만 드세요. 한 개 다 먹으면 죽어요. 반 이상 절대 먹

지 마세요."

"아! 네에."

그러면서 또 하나의 중요한 주의사항을 잊지 않고 알려주었다.

"이거는 마약과도 같습니다. 절대로 와이프한테는 사용해서는 안돼요."

"아니, 왜요?"

또 한번 나는 멍청하고 한심하기 짝이 없는 질문을 던지고 말았다.

"이게요, (곁눈으로 보이는 그의 표정은 경험에서 나오는 여유와 인생의 자만을 있는 대로 깔며 뜸 드리는 센스까지, 혼자보기 정말 아까웠습니다. 지금 생각하면 나의 멍청한 질문이 없었다면 이 양반 너무 서운했을 것 같군요) 사람이 말이죠, 참으로 간사해요. 오늘 만 원 주면 내일은 못 받아도 만 원은 주겠지, 그렇게 기대를 해요. 그러다가 오천원을 주면 실망하고 뒤돌아섭니다. 그래서 제가 마약과 같다고 하는 겁니다. 생각해보세요. 전번에 잘해줬으니 이번에도 잘해주겠지 기대를 하고 나오는데, 최소한 지난번만큼은 해줘야 하잖아요. 그래요, 안 그래요?"

"그렇겠죠."

"남자 참 불쌍해요~."

"(그래, 참으로 불쌍하다) 허허허."

나는 '썩소'만으로 답을 했다.

그는 혼자서 자유형, 배영에 이어 평형까지 거침없이 내달렸다. 자기의 (법적) 부인한테도 사용해 봤는데 별 차이가 없다고 했다. 마치 밥상에 밥과 국같이 안 먹어도 누가 와서 건드리는 사람 없고 언제든 내가 먹을 수 있으니 분위기가 반찬 먹을 때와는 다르다는 것이다. 기가 막힐 노릇이다. 나는 이 말을 듣고 중요한 걸 깨달았다. 한 가지는 이 양반의 말을 그대로 적용해 풀어보면 당신이 지금 처먹고 있는 반찬은 옆집의 일용한 양식인 밥과 국임을 정작 모른단 말인가. '밥팅' 아, 혈압 올라가니 이 이야기는 운행을 마치고 계속하기로 하고, 우선 액셀러레이터를 밟겠다.

나는 1차 목적지에 다다를수록 긴장이 되었다. 전에 내가 살던 동네다. 아는 사람도 많지 않고 알아볼 사람도 없겠지만, 작은 동네이기에 혹시나 하는 긴장감이 나를 안았다. 다행히 안면이 없는 듯해서 안도하는데 여자가 나의 관찰일지를 사정없이 덮어버린다.

"여기부터는 내가 운전해도 돼."

'아~, 머리아파.'

뜻밖의 변수에 머뭇거리는데 남자가 멋진 수영솜씨를 발휘하며 나를 구해줬다.

"대리비까지 다 줬고 기사님도 그 근처까지는 어차피 나가야 되는데, 그냥 타아~."

여자가 불만이 가득한 표정을 지었지만, 센스 있는 나는 외면하며 핸들을 더욱 움켜쥐었다. '나의 내공이 그를 못 이길까. 어디보자' 하며 못들은 척 눌러 있는데, 여자가 거사를 앞두고 작은 일이라 치부하고 올라선다. '으아하하.'

뒷좌석으로 남자와 여자가 다정히 앉는다. 여자가 남자한테 눕는 듯 룸밀러에서 사라지고 목소리만 들렸다.

"아~, 졸려. 자기 왜 이렇게 늦게 왔써어엉~. (그놈의 코 좀 수술하면 안 되나) 애기하고 같이 누웠다가 잠들었단 말이야아앙~. (이 쌍)"

남자 왈,

"시간 맞추려고 친구하고 술 한잔했는데 쪼매 길어졌쩌어. (비뇨기과 박사란 놈도 축농증 하나 못 고치나 보다, 18)"

지금 생각하면 이 남자는 박사가 맞다. 그가 박사가 아니라면 이렇게 절묘한 타이밍에 이토록 환상적인 작품을 완성시키지 못한다.

내가 내려야 할 목적지가 눈에 들어올 즈음, 여자가 일어나는 것을 느낄 수 있었다. 자리를 잡는 그 여자에게 남자가 대수롭지 않게 물었다.

"아까 왜 전화 안 받았어?"

"으응, 언제에."

"좀 아까."

"전화했었어? 놓고 왔어."

남자가 볼륨을 살짝 올리며,

"집 앞에 왔는데 연락이 안 되니까 긴장했잖아. 다음부터
는 정신 좀 차리세요용~."

'정신은 계속 외출중이어야 하지 않나?'

뒤틀리는 나의 속을 아는지 모르는지.

순간 남자의 자유형, 배영, 평형 실력을 한손으로 양쪽 뺨
을 치는 듯한 여자의 멋진 접형 솜씨가 나를 그대로 장승으로
만들어버렸다. 여러분도 하이킥 한번 맞아 보실라우?

여자 왈,

"그냥 놓고 왔어."

남자 왈,

"왜에?"

여자 왈,

"(귀찮은 듯한 목소리로) 그런 게 있써어."

끝. 끝입니다. 여러분도 하이킥 맞고 쓰러지실 줄 알았는
데 말짱하시네요. 저처럼 뒤늦게 쓰러지면 못 일어납니다. ㅋ
ㅋㅋ

이들의 이야기는 여기까지입니다. 내가 깨달은 게 무엇인지 왜 이들을 나는 '포크족'이라 부르는지 앞에서 잠깐 나왔지만 여기서 다시 한번 봅시다.

밤이면 클럽이고, 정육점이고 간에 뺄건 불빛 아래만 가면 그야말로 '동물의 왕국' 세트장이 따로 없으며, 이런 뷔페식당이 없습니다. 없는 동물이 없고, 없는 반찬이 없습니다. 그런데 이곳에 딱 두 가지가 없는 게 있습니다. 그게 뭘까요? 정답은 카페에 올려 주시구요. 봅시다.

이곳 경무 뷔페식당의 특징은 남녀노소 오로지 포크만 있으면 입장할 수 있고, 포크만 있으면 배터지게 먹고 싶은 대로 먹고 나옵니다. 다시 말해서 포크가 없으면 입장할 수 없고, 포크가 아니면 어떤 음식도 먹을 수 없다는 뜻입니다. 제가 특허출원한 설탕으로 된 포크를 드릴 테니 잠깐 들어갔다 나옵시다. 아줌마, 젓가락 말고 포크라구요. 들어갑니다.

한밤중에 뺄건 불빛 아래 있는 반찬들 좀 보세요. 정말 군침 돌지 않습니까? 이 많은 건 오늘 못 먹으면 부패되어 버립니다. 하지만 걱정하지 마세요. 내일 또 만든다는 거, 잊지 마시구요. 다 둘러본 다음에 포크로 폭 찔러도 됩니다. 그만큼 많다는 얘기죠. 자, 무엇이 있습니까? 등 푸른 생선의 대표 고등어가 먼저 보이네요. 꽁치도 있고, 오징어 일가친척이 있네요. 저쪽엔 조개류 계모임인가요? 저쪽 모퉁이엔 정력에 좋다는 장어류가 동창회 하네요. 어이구, 저쪽엔 잘 구워지는 애저까지 구름다리를 건너고 있네요. 조금만 이동해볼까요. 이쪽에는 빨간 빛깔 소고기, 돼지고기, 양고기까지. 네에 훌륭합니다. 저쪽엔 철도 아닌 각종 과일샐러드가 있군요. 향기는 없지만 파란 봄나물, 취나물, 고사리나물까지 나왔네요. 오늘 아주 다양하고 푸짐합니다. 한번만 더 이동해 볼까요. 이쪽엔 말이죠, 날개 달린 음식이 가득합니다. 날지 못하는 닭고기 하며, 오리도 보이구요, 꿩도 보입니다. 저건 뭡니까? 병아리도 아니고 메추리네요. 저건 어떻게 먹죠. 그건 당신 거라고요? 네에 좋습니다. 그러면 양념장은 이쪽에 다 준비되어 있으니 오늘은 먹고 싶은 대로 포크로 푹 소리 나게 찔러서 드세요. 자, 저도 찍겠습니다. 푹, 드세요. 많이들 드셨어요?

아저씨 그만 드세요. 아줌마, 싸가지는 마세요. 썩어서 못 먹어요.

여러분! 드셔보니 어떻습니까? 맛있는 것도 있고, 맛없는 것도 있었을 겁니다. 자, 그런데 여러분, 배 터지게 드셨는데 배가 부릅니까? 저는 더욱 배가 고픕니다. 왜? 밥하고 국을 못 먹어서 그렇습니다. 맛있는 반찬이 구미를 당기는 건 사실이지만 밥과 국이 없는 건 밥상이 아니고, 밥과 국이 없이는 주먹만한 위장 하나 채우지 못한다는 사실을 아시라 이 말입니다. 밥은 숟가락으로 먹어야 구수한 향이 나고 반찬은 만든 이와 자연의 소중함을 느끼며 조심스럽고 감사하게 먹을 수 있는 젓가락이라야 향을 느낀다 이 말입니다. 다시 말해서 구수한 향을 느낄 수 있는 숟가락과 감사와 정성을 음미할 수 있는 젓가락은 이곳에서는 출입금지라 이 말입니다. 왜 포크인지 아시겠습니까? 그렇다고 당신도 포크를 들고 오라는 얘기가 아니란 걸 알지요. 평생토록 밥 먹으면서 진짜 맛있는 밥이 뭔지, 맛있는 국이 얼마나 예술인지 모르고서야 어찌 반찬을 논한단 말입니까. 안다고요? 진정으로 우리가 그 맛을 안다면, 진정으로 우리가 밥맛과 국맛을 안다면 반찬은 논하지도 않습니다. 왜? 밥과 국만으로 충분히 우리는 포만감을 느끼고 행복할 수 있기 때문입니다. 여러분 편리하고 안전하지만 정 없고 야만스런 포크를 던져버리고 집에서 숟가락, 젓가락을 들고 맘 편히 앉아서 남편의 숟가락 위에 김치 한 점 올려주고, 콩나물 든 아내의 젓가락에 당신의 숟가락을 바쳐 입에 넣어주면 그게 진수성찬이요, 산해진미임을 아시기 바랍니다. 아멘?

아저씨 포크 그만 던져버리라고요. 설탕으로 만들었는데 지금까지 안 녹았나 봐요. 불혹이 안 된 나도 알겠는데 납골당 알아봐야 할 양반이 왜 모른다 발뺌하세요. 당신은 나보다 어리다고요, 그러지 마세요. 당신은 나보다 훨씬 더 배웠고 현명하잖아요. 젊은이! 그만 포크 던져버리는 거여. 그것도 용깁니다. 안 그래요? 아저씨.

여러분 두 번 다시 이 뷔페식당 근처에 오지 마시구요. 꼭 굳이, 굳이 올 일이 있거들랑 포크 말고 숟가락, 젓가락 잘 챙겨서 오시기를 바랍니다.

무슨 말인지 알지요. 아저씨, 이상하게 해석하면 안돼요. 아줌마는 왜 웃어요. 그러지 말자니까요. 말이 너무 길어졌네요. 근데 어쩝니까? 나는 다 했는데 우리 작은 아버지가 여러분에게 한 가지 물어볼 게 있다네요.

"아아, 안녕하신게라. 나, 한무유. 어이 그짝, 짧게 할 텐게 인상쓰지마 유우. 그나저나 말여, 여그 와서 만난 것도 먹고 존 구갱도 하고 존 말도 만이 들었는디 밥 삭순 해야 잔여. 그래서 말인디, 답이 머시당가?"

경유(경무 큰아버지) 왈,

"아따, 동상은 밑도 끝도 없이 그 말이 먼 말이당가, 어디가 문제 있는가?"

한무 왈,

"미이쳐어 버리요오."

불륜

　많은 분들이 어쩌면 이러한 부분, 즉 옆집 불륜에 기대를 걸고 이 책을 구입했을진 모르나, 나는 이 부분을 축소할 수 있을 만큼 축소하고 싶었을 정도로 그리고 싶지 않은 부분이었다. 불륜은 눈만 뜨면 듣는 이야기이고 티브이만 켜면 볼 수 있기에 굳이 나까지 한몫거들 필요성을 못 느꼈기 때문이나 가장 많은 이들이 관심을 갖고 있고, 이 일을 하며 가장 많이 접한 부분을 애써 외면하고 묵과하는 것은 도리도 아닐뿐더러, 아쉬움이 우리에게 적잖이 남기 때문이고, 마치 소 없는 만두를, 팥소 빠진 찐빵을 정품인양 판매하는 것 같은 찜찜함이 짧게나마 짚지 않을 수 없게 했다. 물론 내가 충분하다고 느끼는 소도 당신을 충족시키지 못하겠지만 말이다.

나는 이 책을 쓰면서 한 가지 갈등을 했다. 그것은 나의 시각을 어느 선까지 그릴 것인가 하는 갈등이었다. 이 책은 3자의 일상을 내가 대기(代記)하는 것에 불과한데, 그 속에 나의 눈을 개입시켜 독자의 시각을 극히 제한하는 우를 범치 않으려 했다. 그러나 글을 쓰면 쓸수록 독자의 몫이라는 아름다운 명분으로 내가 고하고자 함을 숨긴다면 이 또한 누군가를 유혹하고, 현혹하고자 하는 미혹으로부터의 타협은 아닐까 하는 생각이 조금은 과격한 표현으로 표출되었다.

이제 우리는 성의 폐쇄화에서 개방화, 일반화, 보편화를 넘어 미화(美化)되고 바코드화되었다 해도 결코 과언이 아니다. 이러한 시대에 미화(未化)의 목소리는 외면 받고 사장되기 마련이다. 공중파에서조차 성의 미화에 동조하지 않으면 외면 받는 시점에서 내가 '왕따'를 감수하면서조차 말하고자 함은 현재의 미화(美化)는 아무리 생각해도 이건 아니라는 확신 때문이다. 지상파에서조차 '야한 동영상을 본 적이 있는가'라는 질문에 남녀노소를 불문하고 "생활입니다, 일상이죠, 환장합니다, 새로 나온 것 있습니까?"라고 답을 해야지 박수를 받고, 반대의 답을 하면 절대다수의 비웃음 속에서 마이크는 돌아간다. 우리는 이처럼 성의 관대를 넘어 타락이라고 명명하여도 좋을 만큼 일반화된 시점에 살고 있다. 이러한 시점에 사장될 걸 뻔히 알면서도 내가 목소리를 높이는 것은 그래도 당신의 양심을, 당신의 양식을, 당신의 의지를, 그래도 당신의 인격을 믿어 말함이 아닌 순전히 갓길로 가고자 하는 나의 양심만은 방관치 않으려 함에 기인한 것인지도 모른다.

지금의 활화산 같은 불륜현상과 바코드화된 성은 알고도 범하는 어리석음이 적잖은 우리기에, 우리가(내가), 우리를(나를) 용서키 위해 아닌 것조차 외면하고, 타협하고, 관용을 남용한 결과가 아닌가 싶다. 고로 나는 지금으로부터 나를 용서하는 행위로부터의 반기를 드는 맹서이기도 하다.

* * *

제가 당신이 관심을 가지는 옆집 아가씨의 성과 뒷집 남자의 불륜을 애써 그리지 아니하려했던 이유를 아시겠지요. 당신의 기대치와 적잖은 괴리가 있지 않나요? 사실 지금 이 글을 읽고 있는 여러분과 저는 그다지 거리를 느끼지 못하는 분들일 겁니다. 정작 보아야 하고, 들어야 하고, 알아야 할 이들은 외면하고, 보지 않아도 충분한 분들을 잡고 하소연하는 꼴인지도 모르겠네요. 그럼 저의 앵글에 잡힌 한 사건을 통해 여러분에게 하소연하겠습니다.

어느 날이었다. 40대의 한 남자가 목적지도 말하지 않고 무작정 출발하라는 것이다. 교차로가 나와도 알아서 가라는 듯 창가에 시선을 두고, 물어도 대꾸도 없다. 조금만 참자, 나를 달래며 5분 가량을 그 일대를 돌고 있는데,

"미안합니다. 지구동으로 갑시다."

'날아라. 태권브이 씩씩하고 용감한 우리의 친구….'

화를 참으며 지구로 향했다. 목적지에 도착했을 때 그 남자는 창문을 내려 잠시 아파트를 올려다보더니,

"미안한데요, 그냥 서울 논현동으로 갑시다."

"네에?"

속에서 부글부글 끓어오르는 것만 같다. 처음부터 '지구동 경유해서 논현동으로 갑시다' 했으면 기분 상할 일이 뭐있겠나. 자기 갈 곳도 정하지 않고 종 부리듯 하는 이런 사람도 나는 정말 싫다. 떨쳐버리자.

"아직 볼일이 남아있으신 모양이네요?"

"아니요."

그러면서 어딘가 전화를 하는가 싶더니 신호가 가기도 전에 끊는 듯했다. 그러면서 하는 말,

"애인을 만났는데 남편에게서 전화받고 먼저 들어갔어요. 들어가서 전화한다고 해서 전화가 없기에 먼저 전화했더니 조금 있다가 한다고 해서 좀 전에 전화해보니 꺼져있네요.

걱정돼서 집에 한번 와본 거예요. 기사님도 남자니까 이해하시죠?"

'이 썅.'

그래요, 밥팅이들 남자래서 이해하는 것이면 그 여자는 어떻게 이해하나. 그리고 이해한다고 용서하는 건 아니에요. 배가 고파 밥 훔친 걸 이해 못해서 벌을 주냐고요. 그리고 제발 '남자니까 이해하죠' 라는 말로 보편화시키고, 동질화시키려고 하지 마세요. 또 화가 나네요. 이 양반 얘기 마저 하고 계속합시다.

시작하기도 전에 속 뒤집어지네요. 이 양반 왈,

"별일이야 있겠어요. 전화가 올 때까지 기다려야죠. 가정 있는 사람끼리 최소한의 에티켓 아니겠어요."

저 지금도 이 말만 생각하면요, 정말 뒷골 당길 대로 당깁니다. 형용할 수 없는 이 마음을 여러분은 아시겠지요. 처음 이 말을 듣자마자 하마터면 차에서 내려서 할 수만 있다면 차를 집어 던져버리고 싶었습니다. 여러분 에티켓이 뭐요?

답답해 미치겠네. 하고픈 얘기가 앞 다퉈 난리요. 일단은 말이요, 무엇에 대한, 무엇을 위한 에티켓이냐고요. 이놈에겐 아니, 이분에게는 에티켓이지만 사실은 예의가 아니라 자기 방어에 불과한 거 아닌가요. 그리고 최소한의 에티켓을 알고 지키는 사람이 내 배우자를 두고 다른 파트너를 왜 보냐고요. 그 상대가 가정이 있고 없고가 중요한 게 아니라 내게 지금 상대가 있다는 것이 중요한 것 아닌가요. 들통 나면 네 탓인 척, 연약한 척, 고상한 척, 어눌한 척, 가정이 있는지 몰랐어요 할 것 아닌가요.

입 아프고 혈압 올라가서 길게 얘기하고 싶지도 않네요. 답답한 이 마음은 당신이 대변해줄 거라 믿고 경무는 짧게 포크족들에게 이 말만은 전하고 퇴장하겠습니다.

레이디 엔 젠틀맨,

아아. 마이크 테스트, 하나 둘, 하나 둘.

레이디 엔 젠틀맨,

세상을 알 만큼 안다는 이들이여,

예의를 알 만큼 알고 지킬 만큼 지키고 있다는 신사 숙녀 여러분이여. 이는, 즉 정당하지 못한 관계를 행하고서 언변(예의)할 수 있는 성질의 것이 되지 못함을 당신의 양심과 이성은 말하고 있지 않나요. 이도 외면하려거든 차라리 입도, 귀도 막음이 동물적 이해라도 구하는 길이 아닐까요? 감사합니다.

번외 2 (밤바다)

1. 사랑 굿

지금부터 제가 한바탕 굿을 해볼까 합니다. 처음 하는 굿이지만 혹시 용케 맞힐지도 모르니 한번 봅시다.

우리는 이성간의 자유로운 만남에서 성 개방화의 시대를 살고 있습니다. 이 속에서 너무나 아름다운 모습도 또 한없이 추한 모습도 공유하면서 말입니다. 어느 분야에서든 개방이라는 것은 다양성을 수반하고 있습니다. 성 또한 사진 속 눈

꽃 같은 성스러운 모습에서 다양한 형태로 변화하며 우리를 흥미롭게 자극하고, 우리에게 변화를 요구하고 있습니다. 우리는 적당한 적응시만 거치면 어떠한 요구라도 수용하며 발전이라는 단어로 진보해왔던 것입니다. 그러나 성에 대해서만은 그 요구를 수용하기 힘든가 봅니다. 필자는 앞에서 말하였습니다. 성이 폐쇄된 사회에서 개방화, 일반화를 넘어 바코드화 단계로 변화하였다고 말하였습니다. 그런데 이제 와서 변화의 요구를 수용하지 않고 있다니 모순이라고 생각할 수도 있을 것입니다. 하여 필자는 다시 한번 짚고 넘어가고자 합니다.

필자는 성이 일반화 시점에서 왜 과거 폐쇄화된 시대보다 더욱 외로움을 느끼며 방황을 하는지 생각하지 않을 수 없었습니다. 오늘밤 이름도 모르는 여자를 품어도, 뒤로 오는 남자를 더욱 향기롭게 받아들여도 누구 하나 이상하다 말하지 않는 시대가 그리 어색하지 아니한데도 왜 우리는 과거보다 더 외로운 것일까요? 왜 그 외로움은 밤낮으로 채우고 채워도 목말라 하는 것일까요? 분명 과거보다 지금이 몸이 요구하는 것이 많습니다. 그리고 이를 시대적 흐름 속에 몸을 방치해보았으니 충족되었어야 맞을 것입니다. 그러나 우리는 과거보다 훨씬 외롭습니다. 이 점이 우리가 성의 변화요구를 받아들이지 못하고 있다는 반증입니다.

다시 말하면 성의 변화요구를 수용했다면 외롭지 않는 것이 맞습니다.

우리는 여기서 알 수 있습니다. 사람은 근본적으로 성의 변화요구를 받아들일 수 없게 되어 있다는 사실을 말입니다. 우리는 어떠한 시대적, 환경적 변화도 모두 받아들일 수 있으나, 그것은 내가 사랑하는 이의 성에 대해서만은 어떠한 내외적 유혹보다 우선시되는 유전적 요소를 소유하고 있기 때문입니다. 따라서 사랑하는 이의 성을 타인과 공유할 수 없기 때문에 성의 끊임없는 변화요구에도 불구하고 수용하지 못하고 있는 것입니다. 혹자는 '이토록 타락한 시대를 미화하고 있지 않은가' 라고 생각할지도 모르겠습니다. 성은 항상 눈꽃같으면서도 과거에도 타락이었고, 현재는 물론 미래에도 화두이며 타락입니다.

여기서 필자는 궁금해졌습니다. 인간의 적잖은 시간동안 왜 이것 하나는 화두에서 벗어나지 아니하고, 하물며 모두 타락이라고 말하면서도 누구 하나 해결하지 못하는가입니다. 필자가 생각해 보건데, 우리는 이 유전정보를 영원히 해독할 수 없고 해독한다 하더라도 조작할 수는 없을 것이란 믿음입니다. 따라서 지금까지 그래왔듯 성은 과거에도 타락이었고, 미래에도 화두가 되는 것입니다. 공교롭게도 이 점이 여러분과 필자를 엮고 있는 모체라는 결론입니다. 하여 가늠할 수 없는 시간이 흘러도 이 모체를 논하지 아니할 수 없고, 갈등하지 아니할 수 없는 것입니다.

필자가 불륜과 포크족에 대해 심한 불쾌감과 다소 과격한 표현으로 많은 이들의 눈과 귀를 자극하여 당신의 이성을, 마음의 문을 요란스럽게 노크하였습니다. 하지만 '누워서 침 뱉는 꼴이고, 호박에 침놓는 격'이라는 것 또한 잘 알고 있습니다. 그러함에도 불구하고 다시금 문을 부술 듯 또 노크하는 이유는 이 마음, 즉 열리지는 아니할지라도 당신이 노크하는 그 시간, 그 마음은 이미 문을 관통하여 우리를 변화시키고 있다고 확신하기 때문입니다.

불륜이 핸드폰만큼 필수품처럼 되어가고 있고, 눈만 뜨면 듣는 얘기이니 당신의 이목을 잡아두지 못할 수도 있을 것입니다. 그러나 당사자에게는 이만큼의 충격을 주는 사건은 존재하지 않을 가능성이 높습니다. 하여 필자가 이렇게 재차 거론하는 것입니다. 필자가 이렇듯 거론하지 않을 수 없게끔 원인제공을 하건, 설령 당신이 아닐지라도 옆집 아저씨와 뒷집 아줌마가 자극했다는 사실입니다. 필자가 이 시점에 방황을 하지 않았더라면, 그리고 대리운전을 하지 않았더라면 이렇게 골치 아파하고 비생산적(?)인 이야기를 하지는 않았을 것입니다. 아니 그런 생각조차도 하지 않았을 것입니다.

이쯤에서 우리가 피부로 느낄 수 있는 현실적인 문제로 여러분에게 노크해보겠습니다.

저도 한때는 밤무대의 주연이었습니다. 무대에 있을 땐 몰랐습니다. 느끼지 못했습니다. 무대를 내려와서 보니 상상할 수 없을 만큼 많은 이들이 주연으로 등장하고 있었습니다. 더욱 놀라운 것은 나의 과거를, 현재를 이들이 더욱 생생하게 보여주고 있었습니다. 노골적으로 표현해보겠습니다. 지금 당장 무대에서 내려와서 보십시오. 당신의 과거를 이들이 적나라하게 보여줄 것입니다.

제가 너무 흥분했나 봅니다. 흥분을 가라앉히고 가볍게 시작해 보겠습니다.

제목이 '사랑 굿'이죠. 사랑 굿의 꽃은 무엇일까요. 뭐니 뭐니 해도 불륜(?)아니겠어요. 하여 쏠쏠한 재미가 있는 불륜으로 굿을 해보겠습니다.

우리는 흔히 부부끼리 "나나 되니까 너랑 사는 줄 알아", "나나 되니까 보고 살지 빼 입고 나가봐야 똥개도 안쳐다 본다"는 식의 애정표현을 하곤 합니다. 맞습니다. 당신 말고는 당신의 배우자를 누구도 데리고 살지 않습니다. 그리고 밖에 내놔봐야 개도 안쳐다 봅니다. 맞는 말인데, 그런 남편이, 이런 부인이 애인이 생기고 바람이란 게 납니다. 왜 그럴까요? 그리고 덤으로 왜 애인은 부인보다 못생겼을까요? 모두 그렇게 말만하고 풀지 않으니 한가한 제가 풀어 보았습니다. 우선 개도 안쳐다 보는 당신부터 봅시다. 말을 살펴보면 개도 안쳐다 보는 당신을 데리고 사는 당신의 남편은, 당신의 부인은 개만도 못하다는 얘기가 되는데, 그렇다면 당신은 개만도 못한 이와 산다는 얘깁니까? 사람이란 동물에게는 없는 영혼의 향기가 있기에 당신의 남편이, 당신의 부인이 개나 돼지도 먹지 않는 당신과 평생토록 살아보겠노라고 선택한 것은 아닐까요? 그렇다면 당신이 평생토록 살아보겠노라 선택한 당신의 부인이, 당신의 남편이 하룻밤의 공주나 하룻밤의 머슴이 될 수는 없겠습니까? 당신은 그 정도밖에 안 되는 여자를, 이것밖에 안 되는 남자를 선택했다는 얘기입니까?

그러면 이들 제비꽃들은 왜 나에게 오고 나는 왜 뻔히 알면서도 그들 앞에서 주저함 없이 단추를 뜯어버리는가 생각해 보니 내가 잘나서, 돈이 많아서, 잘생겨서, 심심해서 접근을 하는 것이 아니라 나에게서 나는 매력적인 향기 때문입니다. 그런데 공교롭게도 그들은 내가 아니라 당신, 즉 내가 아니라 나의 부인, 나의 남편의 매혹적인 향기에 접근을 합니다. 그런데 나는 지금 내게서 나는 향기가 내 것으로 착각하여 그들을 기다렸다는 듯이 맞이하더라 이겁니다.

그러면 왜 하필 그들은 짝꿍이 있는 내게 오는지 궁금하였습니다. 이유는 내게서 나는 사랑하는 향기와 사랑스런 향기이고, 둘째는 나의 아킬레스건을 알고 있기 때문입니다. 여기서 우리는 알 수 있습니다. 지금 내게서 나는 매력적인 향기의 근원이 내 것이 아닌 배우자가 공급해주는 것이라는 것을. 비웃고 있는 당신에게 근거를 보여드리지요. 결혼 전에도 당신이 지금처럼 매혹적인 향을 담고 있었습니까. 결혼 전에도 지금처럼 갖은 아양을 떠는 여자가, 지금처럼 혼을 담은 듯한 온갖 달콤한 멘트를 남기는 남자가 있었습니까? 없었죠. 그때는 죄송하게도 당신에겐 향이 없었기 때문입니다. 과격하게 표현해서 매력 없었다 이 말입니다.

그런데 나는 이를 착각하여 주변의 비난과 악조건을 사랑으로 극복하고 짝꿍을 바꿨음에도 행복을 찾을 수 없었습니다. 이유는 내 것인 줄 알았던 나의 향이 변이되기 때문인데, 우리는 이를 감내할 인내의 사랑이 부족하기에 힘들게 짝꿍을 바꿨음에도 행복을 찾을 수 없었던 겁니다.

그런데 정작 문제는 이제 우리는 이 점을 너무나 잘 알고 있다는 사실입니다. 어떻게 단정할 수 있냐고요. 모른다면, 우리가 몰랐었다면 짝꿍은 어제 바꿨어야지요.

너무 무거워졌네요. 저는 바로 덤으로 가겠지만 생각하실 분들은 잠시 책을 덮으십시오. 남의 보조에 맞추지 마시고 자신의 페이스를 유지해야만 승리의 웃음을 웃을 수 있는 것입니다. 천천히 오십시오. 당신의 결승선은 누구도 범할 수 없습니다.

　이제 덤으로 갑니다. 애인은 부인보다 못생긴 이유라? 왜 그런가 하면 살아보니 잘나고 못나고가 아니라 맘 편하게 해주는 게 최고더라고 흔히들 말하는데, 맞습니다. 그렇지만 꼭 맞는 말만은 아니라고 필자는 말하고 싶습니다. 왜? 우선 이 말을 생각해보면 예쁜 것들은 마음이 삐뚤어졌고, 못난이들은 마음이 예쁘다는 말과 상통하는데 싸움붙일 일 있습니까. 그리고 예쁜 것들은 본처고, 못난이는 첩이라는 얘깁니까 뭡니까. 이 말 자체가 틀렸죠. 자, 그러면 왜 부인보다 못난 걸까요? 바로 갑니다. 이는, 결혼은 주로 여자가 결정하지만 내연녀는 주로 남자가 선택만하면 되기 때문입니다. 무슨 말인고 하니, 남자는 부인을 얻기 위해 죽을 똥을 쌉니다. 그렇게 하여 예쁜 부인을 얻었는데 내연녀를 부인보다 더 어렵게 사귀겠습니까? 속된 말로 작업하기 쉬운 상대를 고르다 보니 부인보다 못생길 수밖에. 그리고 어차피 '원나잇' 상대인데 또 똥 쌀일 있습니까. "맞아요?" 답답하기는 그것을 당신이 아는 체하면 안 되지요. '그럴 수도 있겠네요'라고 답을 해야지, 무릎을 치면서 "맞구나!" 하면 당신의 과거가 의심스럽고 현재가 진행형일 가능성이 농후하다는 느낌을 부인은 몰라도 당신과 나는 압니다. 틀린 말이 아니지요? 덤이니 짧게 여기서 끊겠습니다.

제가 대리운전을 하면서 보니 불륜에 관해서 재밌는 게
또 하나 있더군요. 볼까요.

이는 소제목으로까지도 붙이고 싶은 것인데, '불륜들도
모르는 불륜의 절대법칙?', '불륜의 절대습성?' 여러분이 소
제목은 결정해 주세요. 자, 그럼 들어갑니다.

옛날(?), 때는 2000년 경무라는 사람이 한양의 작은 전셋
집에서 살고 있었습니다. 직장이라야 직원이 세 명밖에 안 되
는 구멍가게의 잡부였지만, 한 아이의 가장으로 단란한 가정
을 꾸려가고 있었지요. 그의 특징은 못생기고 어눌하며, 직장
은 그저 책가방 심부름 다니듯 겨우 붙어있었지요. 그런 그에
게 어느 날부턴가 마치 초인류기업의 중역만큼 바쁜 일상이
찾아 왔습니다. 허구한 날 야근이고, 오늘은 분당에 사는 김
부장네 집들이고, 낼은 일산 이대리네 백일이고, 모레는 사장
님과 골프장 가는 날이고, 다음 주 월요일부터는 지방 거래처
방문이 3일간 계획되어 있으며, 주말엔 VIP 고객인 옆집 사
모님과 미팅, 일요일엔 상갓집까지 예정되어 있습니다. 그토
록 무능했고 일산이 충청도에 있는지, 경상도에 있는지 관심
도 없던 사람이 왜 이리 갑작스레 초인류기업의 중역쯤의 스
케줄을 짜야만 했을까요. 뒤를 추적해 보니 수행 여비서가 생

겼더군요. 가게는 그대로 간당간당한 구멍가게 그대론데 집에선 일류기업의 중역 부인이 되어 있었습니다. 이상하여 여비서를 살펴보니 그가 바쁜 이유를 알겠더군요. 그녀의 집이 일산이었고, 그녀의 직장이 분당이었으며, 여행을 취미로 가진 여자로 그녀와 놀아나기 위해서 경무가 바빠야 했고, 부인도 눈치 못 채게 정신없이 돌려야 했죠. 갑작스런 그녀의 호출을 대비해서 상갓집도 차려놓아야 했고, 있지도 않은 고객을 VIP명단에 올려야 했으며, 부인이 의심하지 못하도록 일관성 있게 야근을 했던 것입니다. 일산과 분당은 이제는 그의 생활무대가 되었습니다.

이처럼 단 한번의 관심을 가져본 적도 없던 곳임에도 애인이 생기니 애인의 활동반경에 자신을 포함시키고, 자신의 생활반경 내로 흡수하는 습성을 가지더군요. 물론 대부분의 불륜은 기존의 활동반경 내에 있고 서로의 집안도 오고가던 관계에서 파생되었지만, 요즘 경무의 눈에 들어오는 건 일회성으로 인터넷이나 클럽을 떠도는 원나잇, 즉 포크족들도 상당하다는 겁니다.

필자가 이 대리운전 일을 하며 수도권을 두루 다니던 중 묘연한 관계들에게 딱히 질문이 떠오르지 않으면 습관적으로 질문을 던집니다. 직장(사업장)이 이쪽이십니까?, 이쪽엔 어쩐 일이세요?, 그쪽에서 출퇴근하시려면 만만치 않으시겠어요? 등 모두 같은 질문들이죠. 그리고 재미있는 것은 이 질문들은 모두 필자가 원하는 다음 질문들을 위한 것이라는 걸 알았습니다. 다음 질문이 궁금하시죠? 다음 질문은 어디로 다니시죠?, 이쪽이 빠를까요?, 출퇴근시간엔 얼마나 걸리죠? 등입니다. 이 말의 뜻이 무슨 얘긴지 아시겠죠? 이 책을 다 읽고 나면 이해가 되실 겁니다. 그나저나 이 질문에 뜻밖의 답이 참으로 많았습니다. 제가 충격을 받은 답들은 이쪽이 처음이라 잘 모르겠네요, 몇 년 만에 왔는데 많이 바뀌었네요, 중앙로가 어디에요?, 저쪽이 인천인가요?, 고속도로로 가세요?, 얼마나 걸릴까요? 등 대부분 이렇게들 답을 합니다. 이게 뭐가 충격이냐고요? 상당수가 이렇게 답을 하는 데는 상당수가 일회성으로 만나고, 관계만을 즐기는 암수 내를 물씬 풍기는 원나잇, 즉 포크족들이라는 사실입니다. 이런 것들이 필자를 몸서리치게 만들었고, 씁쓸하고 답답하게 하였습니다.

포크족이든, 동료든, 친구든, 옆집에 사는 사람이든 불륜들에게 필자가 말합니다.

결혼을 한다는 것은 나의 모든 것을 배우자에게 믿고 맡기는 것입니다. 당신의 재산이나, 당신의 취미나, 사랑하는 가족들이나, 당신의 몸과 마음까지. 결혼 전처럼 내가 회사를 다니고, 돈을 쓰고, 혼자서 취미생활을 하고, 맛있는 음식을 혼자서 먹는다 하더라도 이는 나의 활동이지만 배우자가 이미 허락한 범주입니다. 즉, 나 아닌 다른 사람에게 몸과 마음을 주는 행위는 당신이 맡긴 당신의 소유주가 그것만은 지키라고 한, 단 한가지의 조건으로 받아들인 것입니다. 그 한가지만은 어떠한 경우라도 지켜달라는 것인데 왜? 당신이 먼저 내 것을 맡아달라고 애걸복걸하지 않았습니까? 1년만, 10년만 맡아달라고 했습니까? 아니면 몇 가지는 빼고 맡겼습니까? 아니잖아요.

분명히 밝혀두건 데, 나는 당신의 외도를 허락하지 않았습니다. 당신의 배우자, 즉 당신의 주인이 다시 한번 말합니다. 나는 결코 당신의 외도를 허락하지 않았습니다.

2. 내 친구? 네 친구?

제가 밤에 대리운전을 하면서 염려도 받고, 오해도 받고, 얻은 이보다 보낸 이와 떠나간 이가 훨씬 많습니다. 관심과 사랑이 있어서 걱정도 해주고 오해도 하였겠지만, 필자의 단점 중 큰 것은 군이 말로써 표현하지 않는다는 겁니다. 이런 이유로 사랑하면서도 오해해서 떠나는 이들을 잡지 못하였습니다. 그동안 필자를 보아왔고 관심 있게 사랑했으면 왜 나를 몰라주는 것일까. 답답했고, 그런 그들에게 차마 내 입으로 말하는 게 슬펐고, 아쉬웠습니다. 그들이 진정 나를 사랑했을까? 사랑하는 것일까? 그런데 왜 몰라줄까? 나는 끝내 입을 열지 못 하였고, 그들은 거의 다 떠났습니다. 떠난 이와 남은 이가 옥인지, 석인지 굳이 단정 짓고 싶지 않습니다. 내가 너무나 슬퍼지기 때문입니다. 불륜을 이야기하다가 웬 하소연이냐 구요? 떠난 이 중 어떤 이가 이런 이야기를 했습니다.

"밤의 문화에 너무 젖어 들면 안 되는데."

이 말을 남기고 떠나갔습니다. 머리가 그리 좋지 않은 나는 이 말을 1년 넘게 생각했습니다. 그리고 저는 이 말로 인해서 한 가지 깨달은 게 있습니다. 처음 이 말을 듣고 너무나도 슬펐고, 너무나도 답답했습니다. 알만큼 알고 있으리라 생각했던 이가 몰라주니 슬펐고, 차마 슬퍼서 말할 수 없음이 너무나도 답답하였습니다. 왜, 나를 보지 못하고 밤의 문화만 보고, 걱정하고, 한숨을 쉬는가. 슬프지 않을 수 없었습니다. 한참 후에야 뜨거워진 가슴을 식히고 떠올려보니 그는 내가 알지 못하는 밤의 문화를 알고 있다는 뜻이기도 하고, 누구라도 그 밤의 문화에서 자유로울 수 없다는 것을 알고 있다는 뜻이기도 하더라 이 말입니다. 뭔 말인지 알아듣죠? 계속 갑니다. 그래서 저는, 그렇다면 밤의 문화가 어떤 것일까, 어떤 것이길래 나를 알만큼 알았을 그가 그 속에서 나는 살아남지 못할 거라 속단하고 떠나갔을까. 나는 찾아 나섰습니다. 이놈의 밤문화를 찾으면 기필코 자근자근 씹어 먹어버리리라. 제 기분이 어떠하였을지 이해가 되세요? 그런데 다 뒤져보았는데요, 별거 없었습니다. 최소한 저는 그렇게 느꼈습니다. 하지만 당신에게는 거부하기 힘든 유혹이라는 것을 잘 알겠더군요. 때려죽일 수 있으면 죽이고 싶으나 죽일 수도 없을 뿐더러, 죽이기도 전에 그들의 세력에 내가 몰매 맞아 죽을 것 같더군요. 그래서 생각한 것이 이 책입니다. 나도 이 책을 통해서 세력을 만들리라. 너희들이 결코 범할 수 없는 세력이 있다는 것을 가르쳐 주리라. 대충 대충하지 뭐가 이렇게 복잡하고 거창하게 목소리를 높이느냐고 생각하신다면 더 이상 이 책을 보지 마십시오.

제가 찾은 '밤문화란 놈'은 한마디로 남녀노소를 구분하지 않고 먹여서 죽이는 곳입니다. 또 밤문화란 놈의 가장 큰 특징은 교만과 교활함입니다. 그러면 얼마나 교활하고, 얼마나 교만한지 봅시다. 사람은 누구나 밤거리로 나온다, 나온 이상 누구도 먹지 않고는 배겨나지 못할 것이라고 밤문화는 장담합니다. 이 얼마나 교만한 소리입니까? 이 교만이 단순히 흰소리인지, 아니면 근거를 가지고 있는지 봅시다. 밤이면 거리에 뿌려진 전단지만큼이나 많은 이들이 처먹으러 나옵니다. 처음엔 그냥 나왔다가 다음엔 나도 간이나 봐볼까 하고 얼굴을 내밀고, 다음엔 남들도 먹어도 탈이 없네, 나도 한번 먹어보자. 먹는 순간 게임 끝입니다. 더 편리하고, 더 화려하고, 더 자극적인 것을 찾는 것은 인간의 본성과도 같습니다. 더욱 자극적인 것을 찾아서 만리도 마다하지 않더라 이 말이지요. 남녀노소 할 것 없이 한번 먹은 이는 이제는 주겠다. 나를 먹어다오. 무엇을 주겠다는 것인지, 무엇을 처먹겠다는 것인지 알지 못하겠지만 못주고 못 처먹어서 안달이더라 이 말입니다. 그만큼 주고, 그만큼 처먹었으면 질리고 배 터질 때도 되지 않았는가. 돌아가라. 그러나 이들은 줘도 줘도 마르지 않고, 먹어도 먹어도 배가 고프답니다. 왜? 밥은 안 처먹고 반찬만 먹으니 갈증이 나고 갈증 나면 물 처먹는 것이 아니라 더 찬 음식, 더 매운 음식을 찾으니 싱거운 밥이 눈에나 들어오겠습니까. 이들이 마지막으로 찾는 곳은 발길에 부딪치는 죽여주는 북창동이 지구동에 상륙하다, 죽여주는 강남클럽

지구로 이사 오다, 죽여주는 텍사스가 당신을 기다리고 있다, 황제로 오라, 오늘밤 당신을 죽여드리겠습니다. 모지란 놈들, 죽여준데도 좋단다. 돈 줄게 죽여줘. 그렇게 죽고 싶습니까? 제가 추천해 드리지요. 제가 알기로는 전국에 이만큼 죽여주는 곳은 듣지도 못했습니다. 필요하신 분은 메모하세요. 당신이 선 자리에서 직진하면 사거리가 나옵니다. 그곳에서 우회전, 22미터쯤 가면 조그만 사거리. 그곳에서 다시 우회전. 18미터쯤 가면 대로와 만나는 큰 사거리가 나옵니다. 그곳에서 다시 한번 우회전. 그곳에서 22미터쯤 가면 건널목 신호등이 있고, 그 오른쪽에 북창동할매클럽, 강남동태클럽, 내시복도 클럽 등등 많은 가게가 있죠. 그중에 1층에 작은 가게 하나가 있습니다. 풍년클럽. 북창동, 강남, 황제 좋아하시네. 풍년클럽 앞에서는 포클레인 앞에 모종삽이여. 깔짝깔짝. 가격 – 전국 최저, 품질 – 세계 최고, 오직 정품만을 취급하고 결코 '눈탱이' 보지 않는 곳입니다. 쪽문에서 '제초제'를 찾으세요. 오늘밤 그가 반드시 당신을 죽여드릴 것입니다.

여러분! 죽을 놈은 죽으라 그리고 우리는 밥 먹으러 갑시다.

깔끔한 경무가 깔끔하게 정리하노라.

세상을 너무나 잘 아는 이들이여,

인생이 마냥 즐겁다 외면하는 이들이여,

당신이 처음 가는 식당에서 팁까지 두둑이 얹어 주며 외식할 때 당신의 부인은 당신에게는 한번도 쓰지 않은 향수를 뿌리고 옆집 남자에게 밥 차려주고 있음을 의심치 말라, 당신이 옆집 남자에게 향수를 쳐 바르고 밥을 풀 때 당신의 남편은 이집 저집 맛집을 고르고 있음을 당연시 하라. 당신이 남편을 위해 후식을 준비할 때 남편은 죽여주는 맛집으로 오직 당신만을 택할 것을 믿으라, 당신이 부인을 위해 꽃 한 송이 준비할 때 부인은 평생 오직 당신만을 위해 밥을 지음을 의심치 말라.

어떤 이는 이렇게 말을 할 것입니다. '숲에서 나무 한그루만을 보고 이렇게 열을 올리고 숲을 태우려하는가' 라고. 지금의 나는 극소수의 일인지 모르겠으나, 그 극소수 0.01%가 달빛을 가리기 때문이라 말하겠습니다. 또 나는 당신에게 묻고 싶습니다. 당신은 극소수 0.01%가 만들어놓은 틀에서 허우적 댄 적이 없는가? 당신은 그들이 만든 문화를 동경한 적이 없는가? 당신은 0.01%의 그들이 만든 문화 속에서 소외감을 느끼며 외로워하고 괴로워해보지 않았는가? 필자가 목청을 높이는 이유입니다. 만약 당신이 여기에 포함되어 있지 않다면 당신이야말로 이 세상을 아름답게 비추는 등불이요, 썩은 내를 정화시켜주는 0.0001%의 청정기입니다. 필자가 열을 올리는 이유를 아시겠습니까?

밤의 문화를 아는 제 친구는, 지금은 그 리듬에 맞춰 춤까지 추고 있습니다. 더 멋있어 보이고, 더 예뻐 보이고, 더 좋답니다. 이것이 무엇을 의미할까요? 진정 무엇을 의미하는지 아시겠습니까? 용기를 내시기 바라며 당신이 이 친구가 아니기를 진심으로, 진심으로 바랍니다.

3부 ★ 그대와 나

1212

정확히 말하면 2006년 12월 13일 05시다.

장소는 길동의 번화가. 약간의 안개가 새벽을 잡고 있었다. 나는 역사적인 날이나 개인적으로 중요한 날은 특별히 조심하며 무리하지 않는 경향이 있다. 아이러니하게도 이러한 날 좋은 일이 있거나 슬픈 일이 일어나기도 하기 때문이다. 특별히 그 확률이 높은 건 아니겠지만 머릿속엔 두 가지 사건이 아이러니컬하게 자리를 잡기 때문일 것이다. 오늘은 다행히도 조용히 하루를 마감하는 듯했다. 한 시간 반을 이 일대를 돌며 지친 걸음으로 타지에서의 하루를 마치고 집으로 가는 버스를 타기 위해 정거장으로 걸음을 옮기다가 세 명의 남자가 헤어지는 모습을 보고 혹시나 싶어 "대리운전 필요하세요?" 하고 물었지만 대답이 없다. 지칠 대로 지쳐버린 다리도 쉴 겸 잠시 머물고 있는데 한 명이 헤어지기 아쉬운 어린아이처럼 뒤에서 끌어안으며 정을 표현하더니 택시를 태워 보냈다. 그리고 뒤돌아서서 두리번거리는 게 아닌가. 나를 찾는 듯했다. 그들과의 대화에 잠시 스쳤던 목소리의 주인공.

"대리운전 필요하세요?"

"예, 가시죠."

어디를 가는지 묻지도 않고 차에 올라탔다. 차를 빼며 어색한 분위기를 반전시키기 위해서 그리고 일행과의 대화에 끼어들어 대답도 없는 사람들을 멋쩍게 기다리던 내 모습 때문에 웃으며 말을 건넸다.

"정이 많으신 분 같아요."

"왜요?"

"친구분들과 헤어지는 모습이 그래 보였습니다."

"아아."

그분도 웃음으로 대신했다.

"근데 어디로 모실까요?"

"해왕성이요."

"네에? 어디요?"

서울에서 한참은 벗어나 있는 곳 같은데, 이 시간에 그곳 까지 간다는 게 이해가 되지 않아서 나의 귀를 의심하며 다시 물었다.

"해왕성 모르세요?"

"아니요(거의 반사적이다. 모른다고 말하면 꺼려하기 때 문에). 알긴 아는데요(사실 가본 적도 없고 어디쯤에 붙어있 는지도 몰랐다. 그냥 멀다는 느낌밖엔). 이 시간에 그곳까지 왜 가세요? 댁이 그쪽이세요?"

"아니요. 아버지가 보고 싶어서요."

"네에? 아, 네에."

'그럴 수도 있지. 아버지가, 어머니가 때론 한없이 보고 싶을 때가 있지.'

하지만 이상한 느낌은 지울 수가 없었다. 정장차림의 보 통체격의 남자. 나이는 30대 초반쯤. 대부분이 출근 준비를 해야 하는 아침이 오는 시간에 그리고 자연스럽게 나올 수 있 는 답 같지도 않을 것 같은데, 그는 분명 망설임이나 어색함 이 없었다. 약간의 궁금증을 참으며 본연의 일로 돌아가 큰길 로 접어들었을 때,

"좌회전하면 주유소가 있어요. 기름 넣고 가야 돼요."

"네에?"

당황스러웠다. 기름이 없다는 것은 내가 보고 얘기하면 그때야 기억나는 듯 '술을 먹었더니 깜박했네요' 하며 답하는게 자연스럽다. 그런데 주유(경고등)에 불이 들어온 것도 아니었고, 늦은 시간이라 말하기 민망할 정도의 이른 시간이 아닌가. 이 시간까지 알코올을 섭취한 사람이 기억할 수 있는 일은 결코 아니지 않은가? '이 사람 뭐야, 뭐하는 사람일까?' 잠자던 호기심을 일깨운 이 사람에 대해 점점 궁금해지기 시작했다. 호기심은 잠시 접고 주유하는 동안 길을 대충 설명해달라고 했다. 보통 두세 시만 되면 웬만한 사람은 거의가 잠들기 때문에 모르는 길은 사전에 대충이라도 들어놓아야 근처까지 갈 수 있다. 잘은 모르겠지만 중간에 기점들은 이정표의 도움으로 찾을 수 있을 것 같았다. 목적지까지는 대충 접수된 셈이다. 이제는 궁금증을 풀고 싶어 피곤할 그에게 미안하지만 대화를 시도했다.

"이 시간에 나오시면 상당히들 힘들어하시는데 너무나 양호하시네요. 대부분이 차에 타는 순간 눈을 감거나 잠이 드는데요."

"잠이 안와요"

'이건 또 뭐니? 왠지 잠이 안 오네요' 가 맞을 텐데. 목소리며 분위기는 친구들과 헤어지던 모습과는 정확히 180도 다른 분위기를 감지했다. '아, 머리아파.' 잠시 머릿속을 달

래고,

"왜요. 무슨 일 있으세요?"

이 단순한 물음을 던지는 순간 나의 헤드는 난해한 문제를 남겨둔 수험생처럼 정신없는 노동이 시작되었다. 돌아오는 답에 머릿속이 노래졌다.

"행복하세요?"

이런 동문서답이 어디 있단 말인가? 전원 장치를 끄듯 대화중지 버튼이 있었으면 하는 생각이 확 스쳤다. 나도 일단은 직답을 피하고 싶었다.

"네에? 왜 갑자기 그런 말씀을 하세요?"

'어떻게 응수하나보자.' 하지만 예상 밖으로 그는 더욱 힘을 주어,

"행복하시냐구요?"

달려들 듯 직답을 강요하는 그에게 영화 〈올드보이〉에서 최민식 씨 버전으로 '내 머릿속을 어지럽게 하고 당황스럽게 하는 넌 누구냐?' 이렇게 되돌려 주고 싶었다.

여기서 엉뚱한 이야기를 잠시 하자. 바둑을 보면 저돌적인 전투형 기사를 이기는 방법은 이창호 기사처럼 수계산 능력이 아주 뛰어나거나, 아니면 상대보다 더욱 공격적으로 나올 때 본래의 전투형 기사는 당황하여 수를 제대로 못 보거나 보고도 무리수를 두는 경우가 많다. 일명 기세 때문에.

아무튼 다시 돌아온 물음에 나는 다시 한번 반발하고 싶었지만, 이건 공정한 바둑판도 아니었고, 더군다나 운전중이라 설전은 위험하다는 생각에 어투를 최대한 부드럽게 건네주었다.

"무슨 안 좋은 일 있으세요?"

먹혔다.

"(한숨을 쉬며) 그냥요. 괴롭고 힘드네요."

아직은 이른 새벽길이라 도로는 한산했고, 주변에 흐르는 강물 때문인지 안개가 중간 중간 무리를 지어 운치가 있어서 창문을 열어 강 내음도 맡아보고 싶은 충동을 일게 하는 거리. 나는 분명 손님이 잠들었다면 주변의 경치를 한없이 만끽하며 달렸을 것이다. 하지만 대화의 방향은 이러한 감상에 젖어있을 수 없게 묵직한 어투로 그가 말을 이었다.

"당신 아내가 과거가 있어요. 예? 그러면 당신은 어떻게 하시겠어요? 예?"

섣불리 대답하기 어려웠다. 분명 가까운 친구(일행)나 혹시 모를 당사자 얘기일지도 모른다는 생각이 들었다. 나름대로 산전수전 겪어서일까, 젊은 나이인데도 노파심이 일었다.

"물론 한국의 남자라면 참기 힘든 고통일 것입니다. 하지만 이미 알고한 결혼이라면 더욱 서로를 아끼고 배려해야 하지 않을까요.”

현명한 답이라 생각하고 말을 건넸으나, 그는 놀랍게도 족집게처럼 다시 물었다.

“결혼을 하고 아기까지 낳고 알았어요. 그러면 어떻게 하시겠습니까?”

그의 격렬하게까지 느껴지는 질문에 화제를 돌릴 수도, 대충 대답하기도 어려웠다. 짧은 순간 엄청난 스피드로 헤드를 돌려보았지만 현명한 답을 찾을 수가 없었다.

“여자가 어떠한 사람이냐에 따라서 달라지겠지만, 솔직히 저라면 조금은 힘들지 않을까 싶네요.”

본심을 조심스럽게 건넸다. 글로 옮기는 이 순간도 살며시 삭제하고 싶은 부분이다. 누군가에게는 못이 박히고 덤불로 겨우 덮어두었을 아픈 상처에 불을 지피는 건 아닌지 갈등이 생긴다.

아무튼 지금까지의 답을 생각해 보니 ‘4주간의 조정’도 아니고, 너무나 교과서적인 냄새가 불성의한 답처럼 느껴지지는 않을까 염려가 되었다.

다행히도 그가 말을 이었다. 그런데 그의 말은 또다시 엉뚱한 곳으로 튀었다.

“중학생 여자아이를 강간을 했어요. 예? 그것도 조카를. 세상에 이럴 수 있어요. 예?”

중간 중간 확인하듯 '예?' 라고 답문하는 그에게서 분노와 답답함이 배어나왔다. 그래서 일까 섣불리 무슨 답이나 물음을 던질 수 없었다. 그때,

"기사님 같으면 어떻게 하겠어요? 예?"

'오, 신이시여. 종전의 물음에도 쩔쩔매며 고생했건만 이건 또 어떻게 답을 해야 하나요?'

답답함이 묻어나는 그의 물음에 딱히 답을 찾지 못하고,

"세상이 복잡해지다보니 별 나쁜 놈들이 많아요. 그런 놈들은 집어넣어야죠."

친척이나 가까운 사람의 이야기려니 생각하고 일반적인 답을 했다.

그가 말을 이었다.

"삼촌이면 엄마 동생인데, 예? 어떻게 하시겠습니까?"

"최소한 가족한테 알리고 그 충격에서 벗어날 수 있게 해야 하지 않겠어요?"

그의 대화가 끊어질 것 같은 불안감이 시간을 끌지 않고 즉답을 하게 했다.

그가 말을 받았다.

"그 여자아이가 커서 결혼을 하고 아기까지 낳고 살고 있어요. 그러면 어떻게 하시겠습니까?"

"글쎄요."

사실 어려웠다. 지금까지의 질문도 어려웠지만 기다렸다는 듯 무섭게 달려드는 그의 질문공세에 당황스러울 수밖에 없었고, 무엇보다 앞의 화제와 뒤의 내용의 상관관계가 적립되지 않고 물과 기름으로 분리되어 빠져나가지도 못했고, 그의 요지가 무엇인지, 무엇이 궁금하고 무엇을 말하려 함인지 도무지 알 수가 없었다. 다행히도 그가 흥분을 가라앉히고 입을 열었다.

"내가 지금 아버지 보러가요. 돈도 있고 능력도 있고, 남들은 내가 행복할거라 생각하겠죠. 그런데 결코 행복하지 않습니다. 이유가 뭔지 아시겠습니까?"

그가 말을 잇지 않고 멈추자 나는 불필요한 답을 했다.

"글쎄요, 잘⋯."

"지금까지 얘기가 다 내 애깁니다. 내 와이프 얘기예요."

"예?"

그의 한마디에 나의 헤드는 가동을 중단했고, 입은 원초적 기능만을 남긴 채 죽어버렸다.

"당신이라면 어떻게 하시겠어요? 예?"

한마디로 충격적이었다. 이 충격을 무슨 낱말로 형용할 수 있겠는가. 충격과 흥분이 가라앉기 전에 그가 입을 열었다.

"나보다 불행하세요? 예?"

왠지 모르게 내가 부끄러웠다. 답을 요구하지 않는 그의 물음이 나를 더욱 코너로 몰아붙이는 듯했다.

앞을 재촉하는 차도 없고 위험하지 않아서 조금 천천히 몰았던 속도를 더욱 줄였다. 거의 20~30킬로미터로 천천히 달렸다.

누군가가 무슨 일을 당했을 때 육체적, 정신적 고통이 얼마나 클지, 얼마나 아플지, 짐작할 것 같다지만 직접 당하지 않으면 어느 정도인지 쉬이 알 수 없다는 것을 나는 안다. 그래서 어떠한 위안도 줄 수 없는 것이 미안하고 안타깝지만, 내가 대리운전을 하며 큰 위안이라면 이들의 아픔을 들어주는 것만으로도 그들은 상당부분 가슴이 후련해짐을 느낄 거라는 확신이, 현실적 보람이라면 보람이고 위안이라면 위안이다. 그 이유로 나는 늦은 손님(이른 손님)을 모실 때마다 화제를 찾곤 한다. 여러분도 자기의 가족이 조금은 자주 늦은 술자리가 이어지면 따뜻하게 다가서보자. 늦게 나오는 상당수가 상처가 깊다.

본론으로 돌아와서 나의 충격이 어느 정도 가라앉았을 즈음 나는 이 남자에게 조심스레 말을 건넸다.

"어떻게 그 무거운 이야기를 담고 계셨어요. 조금은 풀리시죠? 그랬으면 좋겠습니다. 제가 어떠한 답도 드릴 수가 없지만 한 가지 확실히 말씀드릴 수 있는 것은 지금 선생님이 힘겹게 지니고 있는 일을 십년이 넘게 혼자서 가슴앓이 했을 부인과 지금에 와서 그 누구도 아닌 선생님에게 이야기했다는 점. 이것은 선생님이 방황을 하더라도 부인 곁에서 해야 하지 않을까 싶네요."

내공의 일부가 작지만 강하게 분출했다. 그분도 이 말만큼은 꼭 기억하고 있었으면 좋겠다.

그는 무척 힘들어했다. 종전엔 화와 울분이 섞여있었다면 지금은 산고의 고통을 이겨낸 후의 편안함과 춥지 않은 날씨임에도 땀을 흘린 후 냉기를 느끼는 것처럼, 그렇게 지친 모습을 담고 있었다. 금방이라도 눈물이 흐를 듯한, 그러한 착하고 여린 심성 때문에 고통스러워하며 방황하고 있는 것은 아닐까.

지금 생각하면 직접 피해를 입은 아내 입장에선 이 얼마나 가여운 삶인가. 엄청난 충격과 상처를 안고 적잖은 시간 동안 피해자로서 살아온 그녀가 지금에 와선 남편에겐 가해자로 작용한다면 이 얼마나 가엾고 안쓰러운 삶인가 말이다. 마음이 아프다.

목적지에 도착할 무렵 버스 타는 곳을 알려주며 당신도 추스르는 듯했다. 그러면서 그가 돈을 건넸는데 내게 여유가 없어서도 받았지만, 안 받을 수도 없고 내 손이 그리 부끄러워질진 나도 몰랐다. 서로 먼저 가라고 권하다가 결국 내가 먼저 발길을 돌렸던 기억이 너무도 생생하다.

처음 그가 목적지를 말했을 땐 서울에서 한참은 벗어난 곳인 줄 알았는데, 생각만큼 그리 먼 곳은 아니었다. 한가한 시간에는 40분 정도면 될 듯한 거리를 한 시간 반은 족히 운행하였지만, 지루함이나 피곤함이 아닌 서운함과 아쉬움 등이 발길을 머뭇거리게 했고, 공허함과 싸늘한 기운이 나를 붙들었다. 운행할 때의 기억은 너무도 생생한데 돌아오는 길은 어디로 어떻게 왔는지 도무지 기억이 나지 않는다. 아마도 적잖이 쌓아올린 나의 내공도 적잖은 충격을 받은 탓일 게다.

이분들이 지금쯤엔 평온함을 찾고 행복하기를 진심으로 바란다. 분명 그의 부인도 착하고 여릴 것이기에 사랑으로 극복하고 서로의 상처에 약이 되기를 기도드린다.

그는 지금도 내게 답을 요한다.

"행복하십니까?"

"나보다 불행하십니까?"

여러분은 어떻게 답을 하시겠습니까?

세상에 이렇게 단순한 물음에 쉬이 답할 수 없음이 가슴이 아프고 답답합니다. 여러분의 입에선 행복이라는 단어는 아닐지라도 불행이라는 낱말은 나오지 않기를 기도합니다.

곰돌이

2006년 9월 30일 자정 무렵이었다.

젊은이들이 북적이던 토요일, 주차장 근처에 플라스틱 기왓장을 깨트리면 인형을 주는 놀이가 있는데, 삼십대 중반 쯤 되어 보이는 남자가 와서 멋있게 스무 장을 깨고 작은 곰 인형을 받아들고서 너무나 기뻐하는 것이었다. 보통은 맞장 구쳐줄 일행이 있는 게 대부분이나, 그는 혼자였다. 그래서 눈에 띄었는지도 모른다. 사실 이 플라스틱 기왓장은 요령만 알면 삼사십 장도 문제없다. 물론 요령으로 하면 재미는 훨씬 떨어진다. 아무튼 이 남자가 인형을 들고 기뻐서 어쩔 줄 모르며 서성이기에 혹시나 싶어 "대리운전은 안 하세요?" 불성의하게 물었는데 뜻밖에도 "조금만 있다가 갑시다"며 그는 아직 남아있는 기쁨을 조금 더 현장에서 느끼고 싶어 하는 듯 보였다. 참으로 이상해 보였다. 총각을 넘어 꺾어진 70은 되어 보이는데 인형을 보고 저렇게 좋아할 수 있을까? 웃음도 나오면서 이해가 되지 않았다. 몇 분이나 지났을까 잠시 잊고 있는데,

"기사님 맞으시죠? 가시죠."

그러면서 그의 첫마디가,

"인형 이쁘죠?"

"네에 이쁩니다."

웃음을 머금고 물었다.

"그런데, 그렇게 좋으세요?"

정말 궁금했다.

"이쁘잖아요. 그죠?"

"이쁘긴 이쁜데요. 인형을 보고 선생님처럼 좋아하는 사람은 아직까지 나는 본 적이 없습니다. 그래서 조금 놀랐습니다."

솔직한 나의 말에 대수롭지 않다는 듯,

"귀엽고 예쁘잖아요."

이렇게 말하는 그가 조금은 이상해 보였다. 포기하는 마

음으로 내가 말을 이었다.

"사모님도 인형을 굉장히 좋아하시나 보죠?"

대꾸도 없이 그는 인형과 눈빛 대화를 나누는 것처럼 보였다. 조금은 마음이 상해 다시 말했다.

"사모님이 굉장히 좋아하시겠어요?"

그래도 대답이 없다.

보진 못했지만 인형과 똑같이 멈춰선 그의 눈동자가 느껴졌다. 기분이 상해 대화 중단을 마음먹을 즈음, 그가 인형을 무릎에 올려놓으며 두 손으로 세수를 하듯 얼굴을 쓸어내리면서 뒤늦은 답을 했다.

"울지 않으면 다행이에요."

그의 손이 공기에 파장을 일으켜서일까, 아니면 뻔한 답이 아니어서일까, 내 귀를 의심하며 확인하듯 물었다.

"운다구요?"

"네에."

"아니, 왜요?"

나의 서운함은 이미 없었고, 그의 짧은 답이 끝나기가 무섭게 물었다.

"결혼한지 꽤 됐는데 아직 애기가 없어요."

"병원에 가보시죠? 제가 아는 분도 의학의 도움을 받고 애기를 가졌거든요. 요즘엔 거의가 가질 수 있는 걸로 아는데요.”

“병원에서 이유를 모르겠대요. 그래서 더 답답해요.”

“이런 아픔이 있는지 몰랐습니다. 미안합니다.”

“아닙니다. 기사님이 미안해할 일인가요.”

“그럼, 인형 말구 꽃을 사가시지 그러셨어요?”

“괜찮아요.”

이미 경험이 있는 듯 힘없이 대답하는 그가 더욱 측은히 느껴졌다.

“아마도 두 분이 너무 사랑하셔서 조금 늦는 것일 겁니다. TV 보면 사십이 넘어서 낳는 분들도 있잖아요. 힘내세요.”

형식적, 가식적으로 느껴질지 모르겠지만 나는 진심으로 그를 위로했다.

집에 도착했을 때 그가 내게 인형을 주었다.

“기사님이 갖으세요.”

나는 거부했다. 부인을 생각하면 받아야 할 것도 같았지만 처음 그가 인형을 받아들고 좋아했던 모습이 너무나 천진했기에 받을 수가 없었다.

지금도 잘했는지 판단이 서진 않지만 우리들의 보통 사람들은 이렇듯 크고 작은 아픔들로, 또 크고 작은 웃음으로 살아가는 건 아닐까. 부디 지금쯤은 곰인형 자리에 예쁜 아기가 두 사람의 사랑을 듬뿍 받고 있기를 진심으로 기원합니다.

크리스마스 선물

2006년 12월 25일 공오시 삼십분.

오늘은 크리스마스이브다. 날이 밝으면 크리스마스!

이날의 의미는 종교와 무관한 이들에게도 아주 특별한 날이다. 이날만큼은 누구든 특별하게 보내야만 되는 것처럼 잊지 못할 추억을 만들기 위해 안간힘을 쓴다. 나는 그런 이들 사이로 떨어지지 않는 발길을 살며시 내딛는다. '대목'이라는 절대 명제 앞에서.

제목처럼 실제로 이렇게 특별한 날엔 일부 기사들은 작은 선물을 받기도 한다. 오늘 출근할 때의 기대와는 다르게 크리스마스이브치곤 일이 늦게까지 이어지지 않은 날이었다. 상당수의 기사들이 지쳐 복귀하는 시간, 나는 복귀하던 기사의 콜을 받고 운행을 시작했다. 젊은이일 거라 생각했는데 뜻밖에도 오십대로 보이는 남자 혼자였다. 차는 10년은 넘어 보이는 사륜구동. 콜을 받을 때 신림동으로 간다는 것은 알고 있었다. 방향을 삼막사 쪽으로 잡고 가는데 그는 서부간선도로를 타고 가라고 주문한다. 도착해보니 구로공단역(디지털단지역) 근처였다. 그곳도 신림동이라는 걸 처음 알았다. 이분의 이야기가 나의 수첩에 기록된 것은 초심을 잃지 않은 따뜻한 마음 때문이다.

시동이 걸린 차에 타고 언제나 그렇듯 어색함을 멀리하기 위해 말을 걸었다.

"늦게까지 드셨네요. 이곳엔 어쩐 일이세요?"

"오랜만에 친구들하고 한잔 했네요. 근데 차가 오래 돼서 운전하기 불편하지 않으세요?"

"예, 괜찮습니다. 몇 년이나 타셨어요?"

"13년 됐는데 아직 탈만해요. 집에 차가 있긴 한데 어쩌다 놀러갈 때나 타고 보통은 정이 들어서 이 차를 타게 돼요."

대화는 일단락되었다. 그런데 그분의 눈동자는 술을 전혀 하지 않은 사람처럼 이곳저곳을 살피고 있었다. 화젯거리를 찾아 나서야 했다. 차라는 공간이 아주 작지만 때론 큰 공간이기도 하다. 서로의 대화가 없는 공간은 너무도 크고 휑하게 느껴진다. 특히 이처럼 사륜구동의 높은 차는 더욱 그러하다.

"사업은 잘 되세요?"

그가 사장인지 아닌지는 모르지만 통상적인 물음을 던졌다.

"네, 잘 됩니다."

너무도 짧게 끝나버려서 고전을 예상했다.

"서울에서요?"

"네, 공장이 구로공단에 있어요."

"직원들 관리하시는 게 만만치 않으시죠?"

"글쎄요. 저는 별로 못 느끼는데요."

백이면 백 직원이 한 명이든 천 명이든 힘들다고 하는 게 보통이다. 실제로도 그러하다. 그런데 그는 느끼지 못한다면 분명 문제가 있을 거라 생각했다. 듣기에 따라 오해가 있을 수 있기에 극호의적인 웃음을 머금고 말을 건넸다.

"능력이 탁월하시나 보네요?"

지성이면 감천이라 했던가. 이 물음을 던지는 순간 시작되었다.

"제 꿈이 경비였어요. 어릴 적 꿈이 경비였는데, 지금은 사장을 하고 있어요. 엄청나게 초과 달성했죠."

웃으며 그가 말을 이었다.

"세상에 나처럼 꿈을 초과 달성한 사람이 있을까요. (약간의 흥분과 자취가 섞인 목소리로 계속했다) 꿈이 경비였는데 사장이 되었어요. 어떻게 보면 나는 아직 꿈을 이루지 못했습니다."

"네에. 정말 그렇네요."

차에서 작은 파도가 일었다.

"듣고 보니 사장님은 정말로 꿈을 이루지 못하셨네요."

파도의 파장으로 이어진 나의 말에 그는 뜻밖의 응수를 해주었다.

"언젠가는 꼭 이룰 겁니다."

작은 차 안에서 더 큰 파도가 일었다. 하지만 파장은 형용할 수 없는 웃음과 공허함을 동반했다.

"정말로 저는 나중에 우리 회사 경비나 아파트 경비라도 할 겁니다."

그의 진실된 어조가 나를 조금은 당황스럽게 했다. 우습게도 순간 뇌리에 스치는 것은 영화 〈광복절특사〉에서 숟가락을 보며 우는 주인공처럼 무슨 사연이라도 있는 것일까? 사실 꿈이 경비였다는 것도 우습지만, 그 꿈을 이루겠다고 하는 그에게 묘한 향수가 느껴졌다.

이쯤에서 궁금했던 점을 물어도 될 성싶었다.

"사장님, 제가 지금까지 만나본 모든 사람들은 한결같이 사람 관리하는 게 가장 힘든 부분 중의 하나라고 여기던데 무슨 비법이라도 있습니까?"

"글쎄요. 비법은 모르겠고 직원들 입장에서 생각하려고 노력하죠. 예를 들면 제가 공장 근처에 땅을 사서 기숙사를 지으려고 했었어요. 설계도까지 나오고 공사를 앞두고 있는데 그 땅에 아파트가 들어온다는 거예요. 그래서 건설업자를 만났죠. 사실대로 이 땅은 내가 기숙사를 짓기 위해 몇 년 전에 산 땅인데 내 놓을 수 없다 그랬죠. 그랬더니 건설업자가 '조건을 얘기하면 들어줄 수 있으면 되는 거 아닙니까?' 그러기에, '그렇다면 내 본래의 목적을 이뤄주라' 그랬죠. 그랬더니 업자가 그러더군요. '직원이 몇 명이나 되는데요?' 그래서, '한 20명 됩니다' 그랬죠. 그랬더니 업자가 '그만큼의 입주권을 주겠소' 해서 황당해서 다시 물었죠. '정말로 그 인원을 다 준단 말입니까?' 업자는 간명하게, '네' 그러는 거예요. 그래서 생각해 보겠다고 하고 집에 와서 생각해보니 내 목적도 이루고, 직원들도 좋고, 반대할 이유가 없었죠. 그래서 직원들 이름으로 다 주었습니다. 아무런 조건도 달지 않고 직원들에게 모두 주었습니다. 그랬더니 얼마 후에 직원들이 모두 억대 부자가 되었어요."

"하, 하, 하, 하."

왠지 모를 전율이 몸 안에서 일고 있음이 느껴졌다. 한바탕 웃고서 그가 말을 이었다.

"직원들이 모르는 예를 들어볼까요. 구로공단 근처에 아파트형 공장들이 있는데 알아보니까 750만 원 정도 하더라구요. 그래서 계약을 앞두고 있는데 주변에서 다 말리는 거예요. 100미터만 가면 450만 원선이면 입주를 할 수 있다는 거예요. 기사님 같으면 어느 쪽을 택하시겠어요?"

"저도 당연히 450쪽을 택하고 권하겠죠. 거의 배가 차이 나는데요."

그가 말을 받았다.

"저도 사실은 고민을 했습니다. 고민 끝에 내린 결론이 750짜리였습니다. 주변에서 다 미쳤다고 했습니다."

"아니, 왜 그쪽으로 계약을 하셨는데요?"

쉽사리 이해가 되지 않았다. 투자목적 같지도 않고 불과 100미터인데, 내 상식과 지식으론 예측할 수가 없었다.

"이유는 한가집니다. 거리는 100미터도 안 되는데 750짜리는 전철역에서 걸어서 5분도 안 걸립니다."

나는 황당했다. 그리고 나는 그의 말을 기다릴 수가 없었다. 사장이 걸어서 출근하는 것도 아니고 그렇다 하더라도 5분 더 걸으면 되는데 왜 750, 그것도 고민 끝에 결정했다니 이해가 되지 않았다.

"그게 무슨 말씀입니까?"

어떠한 차이가 있는지 모르는 나는 이렇게밖에 질문을 던질 수 없었다.

사장이 웃으며 어린아이에게 훈수를 두듯 대답했다.

"직원들이 추운 겨울에 출근하면서 택시 타기도, 걷기도 어정쩡한 거리 때문에 투덜대며 내 욕할 거 생각하니까 그 꼴은 못 보겠더라구요."

"하, 하, 하, 하."

오! 이 닭살. 오히려 유머러스하게 표현하는 그의 말에서 따뜻한 정과 애정이 함께 묻어남을, 나의 민감성 피부인 닭살이 즉각 반응으로 보여주었다. 서로 한바탕 크게 웃고 나서 그가 말을 이었다.

"사람들이 욕심이 너무 많고, 너무나 이기적이에요. 배려할 수 있는 사람이 조금만 물러서고 배려하면 되는데 그게 안되나 봐요. 그나저나 답은 됐습니까?"

"네, 충분히 됐습니다."

그랬다. 내가 느낀 것이지만 그는 직원의 입장에서 생각하는 것이 아니라 직원이 되어 생각하는 것이었다. 타인의 입장에서 생각하는 것이 아닌 타인이 되어 생각하는 것, 그 결정에는 분명 현명한 결정이 나올 것이란 믿음을 가져본다. 대부분의 사람들이 그러하듯 나도 돈에 대한 욕심, 내가 먼저여야 한다는 생각으로 살아갈 거라 알고 있지만 이런 분을 보면 존경과 함께 행복, 삶의 가치 등 부끄러움으로 여러 가지의 생각들을 다시 하게 된다.

목적지에 도착할 즈음 나는 그분에게 감사를 표했다.

"오늘 말씀 너무나 감사합니다. 앞으로도 사업 잘 되시고 소원은 아주 나중에 이루십시오."

"하, 하, 하, 하. 그래요. 젊은 사람이 이해해주니 내가 더 고맙소."

주차를 하고 하차하자마자 키를 달라고 했다. 옆에 세워진 에쿠스를 가리키며,

"이것도 내 찬데 선물 하나 드릴게요."

직원들 주고 남은 거라며 차에서 꺼내어준 건 휴대폰 고리였다. 지금도 내 휴대폰에서 그네를 타며 그분의 아름다운 마음을 기억하고 있다.

결혼

어제와 같이 평이한 날이다. 어느 한 클럽을 지나다가 대기하고 있는 기사들이 없어서 잠시 멈추고 나와 대화를 하고 있었다. 나는 생리적으로 맞지 않는 곳은 '패스' 하는 경우가 많은데, 멈춰선 발을 보며 이것이 무엇을 말하려함인지 나를 짚어보고 있었다. 그때 이십대 후반쯤으로 보이는 한 쌍이 클럽에서 나왔다. 왠지 모르게 쌍으로 이런 곳에서 나오면 나의 입은 자연스레 막히는 경향이 있다. 이날도 마찬가지였다. 입을 다문 채 우두커니 서 있어서였을까, 그들은 나오자마자 문 앞에서 대리 전화번호를 누르는 것이었다. 정신을 차려 보았지만 적응시가 필요한 듯 불성의하게 "대리 필요하세요?" 하고 물었더니 그들도 분위기나 목소리 톤에 이상을 감지했는지 위아래를 살피며 "네!"라고 짧게 답했다. 그제야 비로소 온전한 정신으로 돌아왔다.

도로 가에 세워둔 차에 시동을 걸고 이들이 승차하기를 기다리는데 빨리 타지 않아서 백밀러를 보니 키스를 나누고 있었다. '이들도 묘연한 관계군' 이렇게 치부하고 이별의 키스려니 생각할 즈음, 예상과는 다르게 함께 차에 올랐다. 여자를 근처에 내려주고 남자와 둘이 남았을 때 나의 눈을 의식한 듯,

"결혼할 여잔데요, 외국 출장 가기 전에 만나려고 왔어요."

다행히도 나의 예상은 빗나갔다.

"그러세요. 언제쯤 결혼하는데요?"

"아직은 몰라요. 여자 집 쪽에서 반대가 심해서요. 괴롭네요."

"그렇게 심해요?"

"네, 좀 버겁네요."

"본인들만 좋으면 시간과의 싸움입니다. 걱정하지 마시고 사랑하세요."

나의 말에 그가 놀랍게도, "그게 무슨 말입니까?"라고 물

었다.

고기를 낚아채듯 재빠른 물음에 입은 아프지 않겠다 싶어 나의 내공을 살짝 열어보였다.

사실 가끔씩 나보다 나이가 적은 이들이 조언을 부탁하곤 하지만 가르쳐 준 적이 거의 없다. 첫째는 진실(절실)함이 없기 때문이고, 둘째는 그들의 질문이 나와 맞지 않기 때문이며, 셋째는 가르쳐 줄 것이 없기 때문이다. 그들의 질문은 대체로 이렇다. 장인장모에게 잘 보이는 법, 처가 식구에게 잘 보이는 법, 여자친구한테 잘 보이는 법 등 잘 보여 나쁠 건 없다지만 이러한 질문은 틀려야 한다고 생각한다. 누군가에게 잘 보이기에 앞서 내가 할 수 있는 만큼 최선을 다해 진심으로 다가서는 것 외엔, 다른 것은 받아들이는 사람의 몫이다. 진실로 다가섰는데도 호감을 주지 못한다면 나의 가치를 보지 못하거나 보지 않으려는 사람인 게다. 굳이 이런 이에게 다가갈 이유가 있을까 싶다.

본론으로 돌아와서 내가 답을 했다.

"저는 개인적으로 부모가 자식의 결혼을 적극 찬성하는 것은 가식이라고 봅니다."

그가 깜짝 놀라며 확인하듯 물었다.

"예?"

"생각해 보세요. 어느 자식이건 부모는 금이야 옥이야 키우는데 배우자감으로 어떤 남자가, 혹은 어떤 여자가 그 부모를 며칠 만에, 몇 개월 만에 이해시키고 충족시킬 수 있겠습니까. 저는 절대로 충족시키지 못하고, 충족하지 못해야 정상적인 부모라고 생각합니다. 다만 현실에서는 자식 대비 상대를 보기 때문에 맞지 않을 수 있겠습니다만 그렇다는 것이구요. 선생님 같은 현실적 상황에서는 부모의 의중을 파악해야합니다."

그가 호기심어린 자세를 잡으며 정중히 물었다.

"그건 무슨 말씀입니까?"

"부모가 반대를 위한 반대를 하는지, 찬성을 위한 반대인지를 볼 수 있어야 합니다. 아직은 어리지만 저도 사내아이가 있는 부모입니다. 훗날 요석이 배우자로 누구를 데리고 오던 무조건 반대입니다. 그런데 요석이 데리고 온 여자가 어떠한 사람이든 일정시간이 지나면 무조건 환대하여 맞이할 것입니다. 나(부모)로서는 반대의 이유가 찬성을 위한 시간이나 당사자들에겐 사랑을 테스트하고 서로에 대해 다시 한번 생각할 수 있는 충분한 시간이 될 것이기 때문에, 제가 생각하는 일정시간이 지나도 그들이 사랑하고 있다면 무조건 환영하는 것이 도리라고 봅니다."

그제야 그가 진실한 표정을 하며 고개를 끄덕였다.

내가 덧붙였다.

"시간을 가지고 싸워서 이길 수 있는 싸움인지, 이길 수 없거나 이겨서는 안 되는 싸움인지 파악해서 결정을 한다면, 싸우더라도 그 시간조차 소중하고 마음이 편할 겁니다. 왜냐, 결과는 이미 선생님에게 있기 때문입니다."

말이 어려웠을까. 보통 나의 말을 그렇게들 받아들인다. 그도 표정이 심각해졌음을 느낄 수 있었다.

나에게는 시골에서 어머님을 모시고 조카(나의 아들)를 키우는 형이 있다. 사실 나는 시골에 갈 때마다 아들과 놀아주느라 아무것도 하지 않는다. 내가 해야 할 가장 소중한 일을 하지 못하고 있기 때문에 밀린 숙제를 하듯 요석과 놀아주는 것 외엔 시간을 허비하지 않으려한다.

아무튼 아직 미혼인 형이 몇 개월 전부터 만나는 여자가 있다는 얘기를 들었는데, 형은 동생이지만 나를 상당히 의식하는 눈치였다. 하여 어떠한 식으로든 나의 의견을 말해 주는 게 어느 쪽이든 형의 마음을 편하게 해줄 거란 생각에 지난 설을 이용해 나는 형에게 이렇게 말했다.

"형, 나는 형의 결혼을 찬성합니다. 하지만 과정은 반대할 것입니다. 어머니나 다른 식구들은 조건을 염두에 두어서 볼지 모르나 저는 당사자만 행복하다면 조건은 제가 볼 사항이 아닙니다. 조건은 당사자인 형이 보고 느끼고 판단할 문제이고, 나는 두 분의 사랑이 견고하고 탄탄한가를 테스트할 것입니다. 테스트하는 방법은 매우 간단합니다. 내가 인정할 수 있는 시간만큼 서로를 아끼고 사랑하는 변함없는 모습을 보는 것입니다."

때가 한참이나 지나버린 형이 동생에게 이런 얘기를 들으면 기분도 상할만할 터인데 나의 마음을 나보다 더 헤아리기 때문인지, 아니면 사랑이란 것에 빠져 있어서인지 쑥스러운 듯 짧게 답했다.

"그래, 고맙다. 깊이 생각하마."

경무는 여러분에게 부탁하고 싶습니다.

세상의 엄마들이여,

세상의 아빠들이여.

반대를 위한 반대의 마음을 갖지 마시고 찬성을 위한 반대의 시간을 즐기심이 어떠할는지요.

세상의 엄마 될 분들이여,

세상의 아빠 될 분들이여.

진득하게 기다릴 줄 아는 참을성 있고 센스 있는 분이 되어주심은 어떠할는지요.

신체발부수지부모배자

2007년 3월 28일 01시 10분.

내가 그곳에 도착한 건 12시 40분경이다. 이 일을 하면서 처음 가는 곳도, 매번 가는 곳도 시간을 체크하는 습관이 생겼다. 시간을 최대한 활용해야만 하는 일의 특성상 출발과 도착시간은 자연스레 체크가 된다. 평상시 같으면 가지 않는 곳을 유난히 일이 없게 느껴지는 날이었기에 오산 시내에서도 약간 벗어난 그곳을 가게 되었다. 한참 일이 있는 시간인데도 그곳은 비교적 한가했다. 작은 대학가 주변이라 그런지 젊은 이들이 주류를 이룰 뿐 일은 쉬이 나오지 않을 것 같아 시내로 나가기 위해 택시를 타러 가는데, 경광등도 켜지 않은 구급차가 골목으로 들어갔다. 막연히 누군가 아픈 사람이 있나보구나 생각하며 택시 승강장에 갔는데 대리기사가 한 명도 없었다. 보통 어디를 가건 같은 일을 하는 사람들과 합승을 하는데 혼자서 택시비가 얼마나 나올지 모르는 곳을 가려하니 망설여졌다. 그래서 다시 한번만 둘러보고 일이 없으면 혼자서라도 시내로 나가기로 마음먹고 작은 상가들을 둘러보는데, 이상하게도 야밤에 서너 명이 하늘을 보고 있는 게 아닌가. 자연스레 발길은 에스컬레이터를 탄 듯 그쪽으로 딸려 들어갔다. 그곳엔 구급차가 있고 소방대원 서너 명과 하늘을 보는 열댓 명의 사람. 누구나 그렇듯 나도 그들 시선에 동참했다. 그러나 내 눈엔 안개가 장막을 친 흐릿한 하늘과 사람들을 굽어보는 건물들뿐 아무것도 보이지 않았다. 불이 나서 연기가 나는 것도 아니었고, 왠지 '왕따'라도 당한 듯 말똥하게 서있는 내가 이상하게 느껴졌다.

'하늘을 우러러 한 점 부끄럼 없기를…' 시상에 잠겨있는 듯한 한 아주머니에게 다가가서 그분과 같은 포즈를 잡으며 물었다.

"무슨 일이에요?"

그분의 대답은 놀랍게도,

"엄마야~"였다. 가슴에 손을 얹으며,

"아휴! 깜짝 놀랐네."

순간 미안한 마음보다 웃음이 나왔다. 웃으며 머리를 숙여 미안함을 표했다. 사십을 넘은 사모님도 놀랐을 땐 '엄마야'를 외치는구나. 암튼 그분의 얘기가 '누군가 자살하려고 한다'는 것이었다.

1시 10분. 소방대원 서너 명과 일반사람들 서너 명이 뛰어내릴 것을 대비해서 매트를 들고 준비에 들어갔고, 잠시 후 나의 시야에도 생을 놓으려는 사람이 들어왔다. 옥상에 올라선 그는 연신 담배연기만을 뿜어낼 뿐 아무런 말이 없었다. 말문까지 막아버린 사연이 무엇인지 참으로 안쓰러웠다. 청바지 차림에 흰 운동화, 검은색 남방을 입은 그가 언뜻 보기에 젊은 학생인 듯했다. 앉았다가 일어서고 이쪽저쪽을 살필 뿐 말도 없었고 설득하는 이들도 내 눈과 귀엔 전혀 감지되지 않았다. 휴학을 하고 산업 전선에 발을 들인 조카 녀석들이 떠올라 더욱 마음이 아팠다. 그래서일까 나라도 한번 올라가 볼까, 짧은 순간 이런저런 생각을 하며 볼펜을 찾는데 오늘따라 두고 온 모양이다. 바로 옆 건물 편의점에서 볼펜을 구입해서 기록을 시작했다. 그 사이 에어매트가 설치되고 있었다. 경사지를 만난 물처럼 상황은 급박하게 돌아갔다. 옥상에서 사내는 담배를 물고 이쪽저쪽을 살피며 자신도 마음이 답답하고 아픈 듯 단추를 풀어헤쳤다. 런닝셔츠를 입지 않아 하얀

살이 드러났다. 그의 작은 움직임에도 모두들 작은 신음과 함께 가슴을 조였다. 매트에 공기 들어가는 소리가 사람들의 가슴을 더욱 조마조마하게 만드는 듯했다. 나도 5층 건물에 서 있는 그가 현기증이나 일으키지 않을까 가슴 조였고, 소방대원과 두 명의 경찰이 분주한 걸음을 하며 건물을 오르락내리락 상황을 진정시키는데 분주했다.

생을 마감하려는 그 청년은 짧은 함성 비슷하게 소리를 내었을 뿐 30분째 아무런 말이 없다. 말이라도 하면 청년도 달라질 텐데 사연을 막아버린 그의 입은 열리지 않았다.

에어매트가 부풀어 올랐을 즈음 청년이 보이지 않았다. 잠시 후 다행히도 '상황종료 됐습니다' 란 말이 들려왔고, 모두들 안도하면서도 눈으로 확인하기 위해 미동도 하지 않았다. 계단의 불이 5층, 4층, 3층, 2층에 내려왔을 때야 비로소 모두들 마음을 놓았다. 그 청년은 경찰이 한쪽 팔씩 나눠 잡고 경찰차가 있는 곳으로 데리고 갔다. 친구로 보이는 두 청년이 뒤를 따랐고 그중 한 청년은 신발도 신지 않은 채 경찰차까지 갔다. 생을 마감하려했던 청년은 차에 타는 순간까지도 한마디 말도 하지 않았다. 맨발로 뒤따르던 친구에게 경찰이 이름과 관계 등을 물었다. 그 친구는 자살을 시도한 청년의 친형이라고 했다. 얼마나 가슴이 타들어가고 아팠을까. 경찰은 형에게 뒤따라 오라 하며 현장과 멀어졌다. 나는 친형이라는 청년에게 말을 걸어보고 싶었지만 너무나 이기적인 것 같아 차마 말을 걸 수가 없었다.

나는 다시 현장으로 이동했다. 소방대원들은 잘 훈련된 듯 매트를 접고 있었다. 대원 열 명이서 한귀씩 잡아 접고 있었지만 아무도 말이 없다. 언제 훈련을 받았을까 시민들도 아무런 말없이 그냥 그저 바라만 보고 있었다. 내 가슴도 무엇엔가 눌린 듯 멈춰버렸다.

나는 고등학생이 된 조카 요석(要石 : 조카들에 대한 애칭)에게 말한 적이 있다. 요석의 볼을 잡으며,

"이거 누구 거냐?"

조카 요석이 웃으면서 "내거요" 한다.

내가 다시 귓불을 잡으며 "이건 누구 거야?" 했더니, 요석은 당연한 걸 묻는다는 듯 웃으면서 "내거요" 한다. 내가 다시 볼을 잡으며 말했다.

"요만큼은 내거다. 무슨 말인지 알아?"

요석은 '모르겠는데요' 하며 딴청이다.

남자 조카애 두 명은 고등학교 때까지 부모에게도 하지 않은 뽀뽀를 내게 해주었다. 어릴 적부터 친구처럼 사랑을 듬뿍 준 결과라고 자부한다. 요석들은 초등학교 때까지는 거리에서도 스스럼없이 애정행각을 벌였다. 내가 요석들에게 강요하게 된 건 요석들이 중학교 때 삼촌인 나를 마중 나와서

그 사람 많은 곳에서 "삼촌"하며 뽀뽀를 하는 게 아닌가. 순간 내가 당황했다. 남들이 보기엔 요상하겠지만 우리들은 극히 자연스런 행동이기 때문에 요석들도 모르게 나온 것이다. 나는 너무나 기뻤고, 그 후 고등학생이 되어서도 인사해야지 하면 내게 와서 입을 맞춘다. 눈 한번 찔끔 감고는 절대 할 수 없는 6곳 코스를 모두 해야만 한다. 원래는 7코스인데 한곳은 중복이다. 큰애는 고등학생 때부터 약식으로, '고딩'이 된 둘째는 지금도 풀코스를 완주해야 한다. 그런데 싫은 기색은 없고 이제는 그들도, 나도 약간 어색할 뿐 아직은 '네버'다. 대학 들어간 큰애는 내가 징그러워 피할 지경이지만 아마도 요석들이 결혼식장에 섰을 땐 풀코스 인사를 하지 않고는 식장을 빠져나가지 못할 것이다. 이미 큰애한테는 통보해 두었다. 상상만 해도 너무나 즐겁다.

이처럼 우리의 몸은 모두 내 것이 아님을 알아야 한다. 나의 조카 요석에게 나의 것이 있듯, 내 몸에도 요석들의 것이 있듯 내 안에는 아빠, 엄마, 할아버지, 할머니, 삼촌, 고모, 훗날 배우자와 자식의 것도 있음을 알아야 하고, 이것이 무엇을 의미하는지 깊이 생각해봐야 하지 않을까 싶다.

장애인

대리운전 일의 장점과 단점이라면 다양한 사람들을 만난
다는 것이다. 그 많은 사람들 중 한 젊은이를 소개할까 한다.

나는 이 일을 하며 세 번 정도 (중증)장애인차량을 운행한
적이 있다. 그중 내 가슴에 심한 아픔으로 남아있는 젊은 한
남자가 있다. 어느 날 새벽 두 시를 전후한 시각이었다. 그날
의 시간을 기억하는 건 주변의 기사들 덕분이다. 금요일이라
번화가는 제법 많은 사람들이 북적였는데 주차장의 중간지점
에서 휠체어를 탄 남자와 친구인 듯 돕고 있는 한 남자가 인

파 속에서 슬픔을 가득 담고 그냥 주변의 발자국들만 살피는 듯했다. 내가 그들을 볼 수 있었던 건 그들이 장애인, 즉 심히 몸이 불편하기 때문이라기보다 나의 한 단면을 보는 듯 가슴이 아프기 때문이다. 몇 년 전처럼 나의 가족 중에 장애인이 없다면 장애인이기 때문에 그들이 눈에 들어왔다고 보아야 맞을 게다. 하지만 지금의 나는 그들을 불편함 없이 보고 불편함 없이 대하기 위해 노력한다. 형의 교통사고가 나의 편향된 시각을 깨우쳐주기 위해 사고가 나서 몸이 불편해진 건 아닐까 하는 생각을, 병실을 지키며 생각하고 반성하고 또 자각하는 계기가 되었다. 아무튼 나보다도 한참 어려보이는 두 사람이지만 그들은 나보다 성인이었고, 몸이 불편한 친구를 아무렇지 않게 돕고 있는 비장애인인 젊은 청년은 존경스럽게까지 느껴졌다. 이런 바른 사람을 볼 때면 내 자신이 너무도 부끄럽고 나야말로 성격장애고, 시각에 문제가 있는 사람이라는 생각을 하게 한다. 본업을 잠시 팽개치고,

"뭐 도와줄 거 있어요?"

이 말을 건네는 데도 용기를 필요로 하는 내가 부끄럽지만, 이제부터라도 하려고 노력한다. 조심스레 말을 건넸는데 "괜찮습니다" 하며 부담스러운 듯 외면하는데, 그들의 대화가 발길을 멈추게 했다.

"어쩔 수 없다. 내가 옆에 타서 집에까지 갔다가 거기서

택시 타고 갈게 운전해봐."

휠체어에서 듣고 있던 친구가 힘겹게 바퀴를 돌린다. 무겁게 돌아가는 바퀴만큼 무거운 마음으로 혹시나 싶어,

"대리운전 찾으세요?"

이것도 용기랍시고 멈칫하며 다시 한번 나는 말을 건넸다. 비장애인인 친구가 눈을 덩그러니 뜨며,

"네에."

반가워 말을 잇지 못하는 친구에게,

"제가 대리기사예요."

"네에, 이 찬데요. 보통 차랑 같거든요."

슬프고 슬프다. 그렇게 말하는 그도, 듣고 있는 나도 슬프다. 왜 그렇게 말을 하고, 왜 그 말부터 해야 하고, (또) 들어야 하는지 지금도 목이 꽉꽉 막힌다.

차에 타보니 몸이 심히 불편한 만큼 여러 보조 장치들이 비장애인들에겐 다소 불편한 게 사실이었다. 조심스레 운행을 하는데 차주는 의외로 차분했고 담담했다. 그의 평정심이 그만큼의 가슴속 눈물에서 탄생하였으리란 생각을 하면 나 역시 자유로울 수 없다. 누군가에게는 나도 그 아픔을 아무렇지도 않게 안겨주었을 것이다.

"전화로 기사를 부르지 그러고 있었어요" 하며 말을 건네자, 어떠한 변화도 감지할 수 없는 어투로,

"기사들이 왔다가 그냥 갔어요."

"그러셨군요. 굉장히 속상하셨겠어요. 제가 대신 사과할게요."

울컥하는 목젖을 막으며 일부러 티 없이 말을 건넸다.

그냥 받아만 주지. 지금 생각하면 그렇다. 내 말을 그냥 받아만 주지. 그의 답이 지금도 때론 심히 아프고 힘들게 한다.

"아니에요, 이해합니다."

무엇을,

어떻게,

아프고 슬프다. 지금도 아플 만큼 아프고, 슬플 만큼 슬프다.

누가 장애인인가? 여러분! 도대체 누가 장애인인입니까? 접니까? 아니면 차줍니까?

철문 같은 목젖을 열고 나올려는 이 슬픔을 여러분도 느끼십니까?

여러분! 우리는 모두 내적 장애가 있는 사람들이고 외적 장애를 가질 확률을 다분히 가지고 살아갑니다. 그런데 어리석게도 외적으로 드러나기 전까지는 그들을 이해하려들지도 않고 그들을 피할 수 있으면 피하려합니다.

그들을 외면한다 함은 결국 내 자신의 존재도 없음을 말하는 것과 같음에도 말입니다.

분명 그들은 우리보다 먼저 장애가 드러난 것에 불과함으로 이제부터라도 제3의 눈으로 바라보는 어리석음은 범치 않는 계기가 되시길. 더 이상 목젖을 막고 있을 힘이 없어 열어주려니 이 답답함과 슬픔을 당신이 대신 좀 전해주오.

〈추신〉

몸이 불편하신 분께….

행여 저의 표현(상)에 문제가 있다면 사과드립니다.

아킬레스건

이제 겨우 두 시를 조금 넘었을 뿐인데도 징그럽게도 일이 없어서인지 모두들 지쳐버린 어느 날이었다. 장소는 시흥시 신천동.

타지에서의 오랜 기다림과 마치 전깃줄에 앉아있는 참새를 보는 듯 경계석에 삼삼오오 체중을 싣고 앉아있는 기사들을 보면서 서서히 지쳐가는 걸 느낄 때쯤 세 명의 남자가 코너를 돌아 걸어왔다. 두 사람은 그냥 편한 복장이었고, 한 사람은 흰색 바바리코트를 풀어헤치지 않고 단정히 입은 모습으로 걸어왔다. 이미 여러 기사들을 거쳤을 거란 생각과 술을 하지 않은 듯이 보여서 무심한 시선으로, 성의 없이 습관적으로 말을 던졌다.

"대리운전하세요?"

역시나 그냥 지나치는군 싶었는데 뒤돌아서서,

"기사님, 가시죠?"

"아, 네에."

그 많은 기사들 중 내가 되다니 횡재라도 한 듯 그들을 뒤따랐다. 잠시 후 늘 만나는 친구들인 듯 "낼 보자" 하며 내게 손 안내를 해 보인다. 나는 머리를 약간 숙이며 알겠다는 표시를 하며 서너 발짝 뛰어 함께 보조를 맞춰 걷는데, 술에 취한 두 사람이 소리를 지르며 술에 인형이 되어 충실히 역할을 수행하는 모습이 들어왔다. 그 모습을 보고 그분이 혼잣말치곤 크게 '병신 같은 놈들. 병신 쪼다 같은 새끼들.' 그렇게 말했다. 순간적으로 조금 놀랬다. 그도 물론 술은 했지만 전혀 흐트러짐 없어 보이던 30대 중반쯤 보이는 이 신사가 흔히 볼 수 있는 취객을 보며 심한 욕을 하는 모습에 약간 당황스러웠다. 밤엔 흔히 보는 모습인데도 과민반응 하는 그가 좀 이상해 보였다.

서로 침묵하며 주차장에 들어섰는데 자기 머리를 지압하는가 싶더니 "개새끼들 때문에. 기사님, 잠깐 다시 올라갔다 와야겠네요. 미안한데 여기서 기다리시겠어요? 아니면 같이 가시던가요.”

“뭐 두고 오셨어요. 같이 가시죠.”

사실 술이 그렇게 만드는지 사람이란 게 본래 그러는지는 모르나 잠깐 갔다 온다고 하고 오지 않는 경우나, 황당하게도 다른 기사를 대동하고 오는 경우도 있기 때문에 같이 가기로 한 것이다. 그가 말을 받았다.

“돈 찾는 걸 깜박했어요.”

우리는 왔던 길을 다시 거슬러 갔다. 그가 취객들 때문에 순간적으로 돈 찾는 걸 잊었던 것이다. 돈을 찾아 주차장에 왔는데 뜻밖에 일반적으로 알려진 최고급 외제 승용차였다. 강남에서야 그저 흔한 외제차겠지만 외곽에선 흔히 볼 수 없는 차로 알아줄 만큼은 알아주는 차 아닌가. 한번 시승의 영광으로 생각한다면 기분은 좋을 수 있으나, 운행자로서의 부담감은 사실 살 떨리는 정도라고 해도 그리 과장은 아니다. 조심스레 주차장을 빠져 나오는데 잠시 잊고 있던 이 신사의 취객에게 했던 과민반응에 대해 고해성사를 하듯 그가 먼저 말을 꺼냈다.

“우리아버지가 술을 좋아했어요. 그런데 아버지가 술만 먹으면 동네가 시끄러웠어요. 한마디로 술주정뱅이였죠.”

“아, 아까 그래서 그 사람들한테 그러셨군요.”

“예, 저런 거 보면 나도 모르게 화가 치밀어서 욕이 튀어 나오곤 합니다. 기사님한테 그런 거 아니니까 이해하세요."

"그럼요. 이해합니다. 충분히 그럴 수 있습니다."

그는 나의 말을 액면으로만 받아들였다. 어쩌면 예의상 하는 인사치로만 들었는지 모른다. 아니면 나의 말을 주의하기엔 그의 격양된 감성을 주체하지 못했는지도 모른다. 내가 그를 충분히 이해할 수 있었던 것은, 사실은 나에게도 이러한 과민반응을 하는 경우가 있기 때문이다. 나는 이 사람을 보며 사람은 누구나 이러한 각기 다른 아킬레스 같은 게 있지 않을까 생각했다.

젊은 날에 자식 여섯을 두고 혼자된 나의 어머니는 때론 회초리를 들기도 했지만 대개 야단을 치셨다. 요즘엔 아기 둘만 키워도 집안이 시끄럽다 하지 않던가. 집에서는 거의 애들 소리와 고래고래 소리 지르는 엄마 목소리밖엔 없다. 나의 어머니도 속없이 싸우고, 떠들고, 노는 아이들에게 큰소리를 치곤 했다. 아마도 단 하루도 소리를 안쳐야 하는 날은 없었을 것이다. 어머니의 가슴속 눈물이었던 그 외침은 내게 유전처럼 가슴에 앉아있다.

그로 인해서일까. 나를 순간적으로 이성을 놓아버리게 하는 건 여자의 격양된 목소리와 형제간 싸우는 모습을 볼 때다. 이러한 나의 과민반응의 피해자는 불행히도 사랑스런 나의 조카 요석들이었다. 나의 사랑스런 조카 요석들 중 사내아이 둘은 어릴 적 같이 자랐다. 첫째아이는 둘째가 태어나서 걸어 다니기 전까지는 나의 사랑을 독차지했다. 엄마아빠한 테는 맞았어도 내게는 잘못도 예쁨이었다. 그런데 어느 날부 턴가 둘째와 장난감 등 이런저런 이유로 싸우는 것이었다. 그때까지는 나의 이성을 마비시키는 것이 일상 가운데 있으란 생각은 하지도 못했다. 그런데 요석들이 나의 숨어있는 폭력 성을 깨운 것이다. 그 후로 요석들은 주중행사처럼 나에게 구타를 당했고, 그 후 2, 3년이 지나면서부터는 내가 눈만 크게 떠도 서로 타협해버렸다. 신기한 것은 그렇게 때렸던 나나 그렇게 맞았던 요석들도 그 순간이었고, 여전히 너무도 예뻤고 여전히 내 품에 달려들었다. 요석들은 헤아릴 수 없을 만큼 맞았지만, 이유는 단 한가지였다. 그래서 나에게는 뭐든 해도 된다. 심한 장난을 걸어와도, 밥을 안 먹고 과자를 사달라고 때를 써도 결코 야단맞지 않는다는 걸 안다. 그렇기에 엄마한 테 야단을 맞아도, 아빠한테 매를 맞아도 내게 온다. 내 앞에 서는 단 한 가지 형제간에 싸우지만 않으면 된다는 걸 익히 알고 있기 때문에.

　나는 매를 들지 않는다. 그 이유는 순간적으로 이성을 놓 고 마치 분을 풀 듯 때리기 때문에 매를 드는 것조차 생각지 못한다. 그리고 나는 잘잘못을 묻지 않고 때린다. 이유는 누가 잘했고 잘못했건 간에 형제간 싸우는 것은 내가 그만큼 못났고, 내가 그만큼 무식하고, 내가 그만큼 예의가 없다는 것과 같기 때문이다. 다행히도 내가 때리는 곳은 종아리 한곳뿐이다. 한번은 조카 요석들 넷을 한꺼번에 때린 적이 있는데 물론 이유는 같다. 때린 내 손이 까맣게 멍이 들 정도로 심하게 때린 기억이 있는데, 요석들의 고집이 얼마나 센지 끝내 때리던 나와 타협(내가 포기)했던 웃기는 기억도 있다. 또 한번은 사내 요석들 둘을 때리는데 그때도 얼마나 심하게 때렸는지 형수님이 남편(형)에게 달려가서 울음을 머금은 목소리로 어떻게든 말려달라고 하는 소리를 때리는 중간에 들었던 기억도 있다. 그때도 조숙(?)했던 내가 그 마음을 모를리 있었겠는가? 사실 몰랐다. 다만 나는 생생히 기억하고 있을 뿐이다. 이 결과 다행히도 요석들은 묘연(?)한 관계를 연상시킬 정도로 서로를 위하고 그리워한다. 이런 요석들을 생각하면 어찌 아니 즐거울 수 있겠는가.

내가 요석들을 그렇게 때릴 때 형님과 형수님이 날 나무라지 않았던 건 요석들을 향한 내 사랑을 믿어준 것이리라. 이 글을 쓰며 새삼 고마움을 느낀다.

여러분, 여러분의 이성을 잃게 하는 아킬레스건은 무엇입니까? 어떠한 상처로 인해 만들어졌나요? 아픈 상처를 가지고 있는 당신이 또 다른 이에게는 아킬레스건을 만들어주고 있지는 않나요?

여러분, 여러분은 당신의 자녀에게 아킬레스건은 주고 있지는 않습니까? 감히 말씀드릴 수 있는 것은 아이들은(사람이란) 좋은 것보다 나쁜 것, 이로운 것보다는 해로운 것을 보다 먼저 받아들입니다. 고로 사랑하는 자녀에게 좋은 무언가 해주기 앞서 나쁜 것, 정당하지 못한 것을 보이는 어리석음을 범치 않으시길 바래봅니다.

기도

2007년 3월 30일 토요일.

토요일 밤이다. 나는 금요일과 토요일엔 비교적 늦게까지
일을 한다. 다음날 쉬는 이들이 많기 때문에 술자리가 길어진
이들을 위해 느긋하게 대기하곤 한다. 이날도 친할 만큼 친한
이와 차 한잔을 하며 이런저런 얘기를 하다가 운 좋게 콜을
받았다. 목적지는 서울의 북부. 머리에 스치는 건 그쪽에 둥
지를 튼 누나와 조카들. 일이 끝나면 요석들을 만나기 위해
안전한 곳에 내 차를 세워두고 손님을 만났는데, 청바지차림
의 20대 후반쯤으로 보이는 젊은 남자였다. 일행 두 사람이

'늦었는데 이쪽에서 자고, 들어가지 말라' 고 잡는다. 계획에 차질을 예상하며 기다리는데 차주가 말하기를 '오늘은 와이프가 꼭 들어오라' 고 해서 오늘만은 안 된다며 뿌리쳤다. 일행들은 근처에 내려주고 서울 쪽으로 방향을 잡으며 물었다.

"결혼한지 얼마 안 되셨나 봐요?"

"예, 제가 좀 늦게 결혼했어요."

"올해 어떻게 되시는데요."

"서른여섯입니다."

"예?"

나는 다시 그의 얼굴을 보았다. 듣고 보니 '연식' 은 그쯤 되어 보였다. 그의 얼굴을 보며 오는 길에 그의 귀가 유도나 레슬링을 한 듯 빵빵한 모습을 하고 있었기에 "유도 하셨어요?" 하고 물었다. 그가 귓불을 만지며 "이거요, 제가 몸은 호리호리해도 운동을 해서 누구한테든 맞지는 않습니다."

대화는 일단락되었다. 순간, 일행들과의 대화가 떠올라서 툭 던졌다.

"그런데 사모님이 들어오라고 했으면 조금 일찍 들어가시죠? 집에 들어가면 안 막혀도 일곱 시는 될 텐데요."

"예, 동생들이 놓아주지 않아서 술 한잔 하다 보니 이렇게 됐어요."

"이렇게 늦게 들어가면 사모님이 조용히 넘어가지 않으실

텐데요."

"괜찮아요."

그러면서 그는 와이프 자랑을 시작했다. 한참을 자랑한 후에 그가 멋쩍은 듯 "자식과 와이프 자랑은 팔불출이라는데 그만해야겠네요" 하며 멈춘다. 나는 더 듣고 싶어서,

"그 말이 틀리지는 않은데 아무나 할 수 없는 일을 자랑하는 건 팔불출이 아닙니다. 사모님이 범상치 않으신 분이네요."

나의 말에 화답이라도 하듯 그는 더욱 화려하게 부인 자랑을 했다. 부인을 자랑하면 자신은 낮춰지게 마련이다. 그는 자기의 직업과 과거를 비교적 상세히 펼쳐 보이며 사랑하는 이의 전형인 자신의 모습이 낮춰지는데 대한 일말의 아쉬움도 남겨두지 않았다. 사랑을 하고 있구나. 사랑하는 이에게는 향기가 스며 나온다. 하지만 그는 아름다운 향기와는 다른 표현키 어려운 향을 함께 담고 있었다. 하여 나는 나도 모르게 표현하기 힘든 향을 나의 비위에는 거슬린다고 말해버리고 말았다.

"부인이 범상치 않고 좋으신 분 같습니다. 이런데 이렇게 말하면 기분이 상할지도 모르겠지만 솔직히 어느 누가 배우자감으로 선생님과 같은 일을 하는 분과 결혼을 하겠습니까. 솔직히 부인이 이해가 되지 않습니다. 역으로 선생님은 부인

이 이해가 되십니까?"

그는 당황하였다. 솔직히 쏘아붙인 내가 먼저 당황했고 후회막급이었다. '어떻게 수습하려고 너 도대체 뭐 한 거니.' 나도 모르게 눈이 감기는가 싶더니 몸은 어떤 물체와의 충돌을 직감하는 듯 마음의 방어자세(?)에 들어갔다. 그가 짧은 머리를 슬쩍 넘기며,

"저도 와이프한테 고마워하고 있습니다."

휴우(숨소리마저 조심스러웠다).

"저도 와이프한테 기사님처럼, 이런 일 하는 나와 왜 결혼하느냐고 물었더니 와이프가 그러더군요. 내가 잡아주지 않으면 더 많은 이들을 아프게 하고 괴롭게 할 것 같아서 사람 만들어 보려고 결혼한다고 하더군요. 와이프가 진실한 크리스천입니다."

"그러시군요. 진짜 구원해 주시려고 선생님을 선택하셨군요. 자랑할 때 범상치 않으신 분 같더니 역시나 범인(凡人)은 아니시네요. 그나저나 사모님은 제대로 만나셨네요."

"(웃으며) 네, 저도 그렇게 생각합니다."

그제야 나의 몸도 방어태세를 해제했다.

지금 생각하면 그의 직업이 나도 모르게 여과되지 않은 채로 무리수를 던지게 했지 않나 생각된다. 그의 직업은 인터

넷 성인프로그램, 일명 '포르노'를 만드는 일이었다. 그나저나 나도 모르게 튀어나와버린 말 때문에 오해도 풀리고 기분도 좋아졌다.

그는 경력도 화려하여서 배에도 여러 칼자국들이 상장처럼 걸려있었다. 죽었다 살아난 기억, 칼이 몸으로 스며들 때의 표현할 수 없을 만큼의 기분 나쁜 느낌, 그럼에도 칼이 몸으로 빠져 나가면 겨울철 솜이불을 덮고 누운 듯한 따스함, 목자(牧者)인 친형과 잠결에 들은 눈물 나는 어머니의 기도, 착하고 어여쁜 아내의 소망 등. 나는 운행을 마치고 내가 이야기하지 않아도 그가 느끼고 있을 생각을 되뇌어 주었다.

"선생님의 화려할 수 없는 과거가 아내와 가족들의 기도처럼 화려한 미래로 바뀌길 바란다"란 말을 하고 휴일 아침을 준비하는 무리들과는 확연한 차이를 보이는 꼴을 하고 그들 속을 비집고 들어갔다.

이날은 일기예보와는 다르게 밤 11시가 넘어서면서부터 비가 내렸기 때문에 상당수 기사들이 우산을 준비하지 못해서 비와 맞서야 했을 것이다. 나는 다행히도 하늘에서 내려오는 건 별 거부감 없이 받아들인다. 남들이 보기엔 처량 맞고 청승맞아 보일 것이나, 그 청량함과 상쾌함과 세월에 찌들어 가는 묵은 때를 씻어 주는 것만 같은 여유를 선물해줌이 너무나 좋고, 그 비를 피해 뛰어가는 사람들의 모습도, 연인들이 어정쩡한 포즈로 따스한 주먹 눈을 만들어 사랑을 던지는 모습도 너무나 재밌고 아름답다. 아쉬움이 있다면 세월이 갈수록 눈과 비를 몸으로 느끼는 사람이 줄어든다는 것이고, 그리하여 나와 같은 사람들은 2.5차원적인 사람쯤으로 보는 시각들의 아쉬움은 지울 수 없다.

친누나마저도 비에 젖어 들어서는 동생을 있는 그대로만 보아주지 않음이 내게도 약간의 아쉬움이 느껴진다. 말로써 이해시켜 보려하여도 사회적으로도, 경제적으로도 안정을 찾지 못해서인지, 젖은 나를 눈물자국쯤으로 보는 것이 부담스럽다. 나의 청승맞은 여가활동을 위해서라도 자리를 잡아야겠구나 하는 생각을 하게 한다.

그날이 오면 그때는 정말 2.5차원쯤으로 보려나요.ㅎㅎ

대한민국 강력계 형사

2006년 11월 어느 날.

새벽 세 시경 한 남자를 만났다. 그는 나를 만나자마자 반말을 스스럼없이 던졌다. '대리, 그래 지구로 가자.' 나는 나이에 그리 연연하진 않지만 사십 안팎의 남자가 초면에 반말을 하자 확 끓어오르는 것을 현실과 내공으로 어렵게 붙잡아 두었다. 심히 불쾌했지만 이런 모습은 애교로 넘겨야 한다. 차에 올라서도 그는 차마 표현할 수 없는 욕들을 표준어처럼 사용했다. 불특정 다수를 향해서 자기의 오만불만을 밤하늘에 던졌다. 그의 입은 역겹다 못해 미쳐버리는 줄 알았다. 5

분쯤 지났을까, 결국 나는 나와의 타협을 포기했다. 이 시간에 이삼 만 원을 포기해야 하는 용기와 변화가와는 이미 멀어져버린 싸늘함, 나의 내공의 한계 등을 생각하면서도 미련을 버리기로 마음먹었다. 안전한 갓길에 차를 세우고 남자에게 한마디했다.

"선생님, 다른 기사를 불러서 가세요. 나는 더 이상은 운행할 수가 없네요. 돈은 받지 않겠습니다. 미안합니다."

이렇게 얘기를 하고 차 문을 여는데 이 남자 왈,

"아저씨, 아저씨 미안해요. 지금부터 조용히 갈 테니까, 갑시다."

잠시 숨을 고르고 다시 운행을 시작하며 내가 말을 했다.

"무슨 안 좋은 일이 있었는지는 모르지만 제가 듣기에도 상당히 안 좋습니다. 무슨 욕을 그렇게 하세요. 이 나이 먹도록 그런 욕은 들어보지도 못했는데, 나이깨나 드신 양반이 어떻게 그렇게 당당하게 욕을 할 수 있습니까."

그는 다행히도 쥐죽은 듯 머리를 숙이고 있었다. 일이 분간의 침묵이 흘렀을까, 그가 입을 열었다.

"내 동생 같으니까 반말로 할게요. 대신 욕은 안할게요."

"예, 해보세요."

내 말에 토를 달려나 생각하고 어디 한번 해보자는 심정으로 답했다.

"내 직업이 뭔지 아세요? 나 형사예요. 대한민국의 강력계 형사."

"그런데요."

위협하듯 형사라고 강조하는 그에게 속으로 씁쓸한 웃음밖에 나오지 않았다. 사람들은 사회적 지위나 자리를 보고 대단하게 생각하고 머리를 숙이는지 모르나, 나는 그러하지 못하다. 그렇다 하여 그들에게 반감을 가지거나 그 자리를 인정하지 않는 것이 아니라, 자리에 걸맞는 언행을 더 갖추라는 것이다. 그러하지 못하다면 자리를 드러냄이 내 눈엔 무지를 자랑함과 같기 때문이다.

한바탕 설전은 피할 수 없겠구나 마음먹는데, 잠시 뜸들인 그가 내 손을 잡으며 입을 열었다.

"나, 무섭다. 대한민국의 형사. 그중에서 강력계 형산데, 무섭다."

그의 말은 나를 당황시키기에 충분했다. 트릭도 아니고 이 무슨 시추에이션이람. 도무지 상황파악이 되지 않았다. 뭐가 그렇게 무섭냐고 물었지만 대답하지 않았다. 그러면서 그는 마치 야생마가 우리에 갇힌 듯 어찌할 줄을 모르고 머리를 쥐어박기도 하고, 차 창문을 주먹으로 치기도 하고, 창문을 열어 고래고래 소리를 치며 발광을 했다. 그가 창문을 쳤을 땐 창문이 깨지는 줄 알고 깜짝 놀랐다.

어부가 바다를 무서워하듯 형사라는 직업에서 오는 두려움이나 공포감의 표현일 것이리라. 운행하는데 위험을 느꼈지만 그런 그의 가슴을 알만하기에 이미 내 마음속엔 반전이 있었고, 조금만 더 가면 목적지가 위안이 되었다. 창문을 모두 다 열어달라고 부탁하더니 이내 차를 세워달라는 것이다. 일단 차를 세우고 물었다.

"아니, 왜 그러세요?"

"동생, 결혼했지?"

"네."

"챙피한데, 동생은 와이프가 안 무섭냐?"

"…?"

"사실, 나는 와이프가 무섭다. 대한민국의 강력계 형사가 와이프가 무섭다니까 말이 돼? 미쳐버리겠다. 내 자신이 한심하다. 동생, 와이프가 무서운데 어떻게 해야 돼. 응?"

"무슨 일이 있으셨는데요?"

"그냥 무서워."

그는 고개를 떨어뜨렸다. 내가 이유를 더 이상 묻는 것은 의미도 없고 그에게 두려움만을 더 줄 것 같았다. 나는 이유를 묻는 것을 대신해서 그에게 답을 주었다.

"형님, 맞을 일이 있으면 빨리 가서 맞고 앞으로 큰소리 칠 수 있게 사세요. 그러면 되잖아요."

"그래, 그래야 되겠지."

그러고도 그는 5분쯤 지나서야 회한의 자리에서 벗어났다.

"고맙다. 동생! 고맙다."

아파트에 주차하고 그가 명함을 주었다. 어려운 일 있으면 연락하라면서도, 그는 코앞에 놓인 자신의 두려움 앞에서 내 손을 동아줄처럼 잡고 있었다.

"형님! 괜찮을 겁니다. 그리고 사모님을 믿으세요."

나는 그에게 독촉했다. 동아줄은 내가 될 수 없고 아이러니하게도 두려운 부인이 될 수밖에 없다는 걸 나는 그렇게 표현했다.

현관 앞 센서 등이 켜지자 차마 용기랍시고 동아줄을 놓으며 주먹을 들어 보였다. 이분을 보며 나는 표현하기 힘든 무거운 마음을 느꼈다.

내가 그릴 수 있는 그림은 지금부터 그려 볼 터이니 여러분은 내가 그리지 못하는 부분을 그려 주시기 바랍니다.

우리는 살아가면서 남과 여에 대해서 많은 생각을 하고 또 많은 갈등과 고뇌를 하면서도, 가장 큰 힘을 이성에게서 얻습니다. 이렇게 볼 때 우리는 이성에게 힘을 얻기에 앞서 이성에게 힘을 주는 존재가 되어야 합니다. 즉, 내 남편에게, 나의 부인에게 내가 힘이 되고 보루가 될 수 있도록 자신을 담금질해야 합니다. 그런데 우리는 어떻습니까. 죽고 못 살아서 결혼을 했으면서도 얼마 지나지 않아 죽이지 못해서 삽니다. 내 마음속에 이런 마음이 있다면 내 부인에게도 나의 이런 마음으로 인해서 똑같은 마음이 싹트게 되는 것입니다. 다시 보면, 내가 부인을 위해 담금질을 하면 부인은 자체로 충분한데 더 뜨거운 불도 마다하지 않는다 이 말입니다. 우리 서로 배우자에게 힘이 될 수 있도록 믿음을 잃는 언행은 절대로 하지 않기 위해 노력하고 또 노력합시다.

기분 전환을 위해서 못 부르는 노래지만 제가 노래 한 곡을 불러드리겠습니다.

처음에 사랑할 때 그이는 씩씩한 남자였죠.
밤하늘에 별도 달도 따주마 미더운 약속을 하더니
이제는 달라졌어 그이는 나보고 다해 달래.
애기가 되어버린 내 사랑
당신 정말 미워 죽겠네.
남자는 여자를 정말로 귀찮게 하네.

결혼을 하고 난 후 그이는 애기가 돼버렸어.

밥 달라 사랑 달라 보채고 둘이서 놀기만 하재요.

할 일은 해도 해도 많은데 자기만 쳐다보래.

웃어라 안아 달라 조르는 당신 골치 아파 죽겠네.

남자는 여자를 정말로 귀찮게 하네.

남자는 여자를 정말로 귀찮게 하네.

- '남자는 여자를 귀찮게 해'_김연숙

　기분 전환은 되셨는지요. 갑자기 웬 노래냐구요. 보셔요. 이 노래를 부르는 사람이나 듣는 사람이나 기분 좋게 부르고 박수치며 흥겨워합니다. 가사는 골치 아파 죽겠다는 내용인데도요. 왜 그럴까요? 다들 아시겠지만 기왕에 경무의 페이스에 말려든 거 또 한번 빠져봅시다. '죽이거사 하굿소.'

　강력계 형사라는 이분이 차에서 했던 행동들을 보면서 경무는 이런 생각을 해보았습니다.

　여자는 남자의 핸들을 잡고 있는 운전수와 같다. 내가 만약, 이 남자의 장단에 맞춰 춤을 추거나, 위험한 행동을 하는 남자에게 나무란다면 차는 어떻게 됐겠는가. 둘 다 황천길이거나 살아도 산 것이 아니다. 그리고 남자가 오만 난동과 장난을 할 수 있었던 것은 나, 즉 부인이 있기 때문이다. 이 남자와 같이, 노래에서 알 수 있듯이, 남자는 자기 배만 부르면 오만 '뻘짓'은 다한다. 밖에 비가 오건 눈이 오건, 길이 빙판이든 비포장도로든 부인이 반찬 걱정을 하든, 빨래 걱정을 하든, 우선 나만 안전하고 편하면 '만사 오케이'다. 이게 남자다. 남자인 당신은 잠시 각성하시구요. 핸들을 잡은 여자를 봅시다. 오두방정 떠는 남자가 보기 싫다고 운전하다 말고 매를 들면 때리기도 전에 전복된다. 밥 달라 사랑 달라 하는 남편에게 '밥만 먹고 사냐? 힘이 남아 도냐? 밥 대령이요, 사랑 대령이오' 하면 남자는, 집안은 어디로 흘러갈까요? 즉, 불행히도 여성은 감성을 앞에 두지 말고 이성을 앞에 두고, '남편! 집에 가서 보아요', '당신의 배꼽시계는 왜 그리 시간도 못 맞춘다요.' '내가 안전하게 운전하고 있으니 요 녀석이 즐겁게 놀 수 있구나', '나 없이는 밥도 못 먹지.' 이런 넓은 마음을 가지고 귀엽게 봐야지 이놈의 자식이 나는 이렇게 고생하는데 하며 입바른 소리를 하면 남자가 즉시 감동한다? 그러면 남자가 아니야 이 아줌마야. 그렇게 현명한 놈이 오두방정을 떨고, 할 일은 해도 끝이 없고 바빠 죽겠는데 허구한 날 시도 때도 없이 밥 타령, 사랑 타령을 하겠냐고요. 그러니까 여자인 당신이 보다 넓게 보고, 넓게 보는 만큼 아량을 베풀고, 하나하나 구슬려가며 가르쳐야 한다 이 말이지. 여자에게 너무 많은 희생을 강요한다고요. 그래도 어떡

합니까. 이게 여자의 파트너인 남자의 기본 베이슨디. 안 그 래요 아저씨.

깍두기고 강력계 형사고 간에 남자분들에게 꼭 부탁하고 싶다. 노래에서 알 수 있듯 남자의 유일한 파트너인 여자는 터프한 남자, 멋진 남자를 원하는 게 아니라 조금은 생각 없 고 철없는 남자라도 나만을 사랑하는 마음을 느낄 수 있고, 귀찮게 해도 나만을 사랑해주고, 밖에서는 깡패 짓을 하더라 도 내 안에선 여섯 살 먹은 아이처럼 아양도, 재롱도 부리는 남자가 좋다 이겁니다. 우리 남자가 쪼매만 도와줍시다. 우 리 와이프는 발로 찰 것 같다고요. 천만에 말씀입니다. 기다 리고 기다리다 지쳐 쓰러지기 이보 직전일 테니 오늘부터 센 스 있는 애기, 즉 애 늙은이가 되세요. 처음에 쑥스러우면요, 방법이 있지요. '경무가 더 늦기 전에 하라고 시켰다'고 하세 요. 유치 찬란한 방법이라고요. 그래도 현명한 방법, 즉 통하 고 통하고 통하고도 남는다니깐요. '경무가 누군지 몰라도 그 양반 참 고맙네'라고 할 겁니다. 세상에 이를 귀찮게 여길 여성분은 절대 없으니 마음 놓고 저질러 보세요. 이를 귀찮 게 여기는 여자라면, 그분은 고추로 전환 수술해야 되지 아 마. 맞죠? 할아부지.

대한민국의 남자들이여, 남성분들이여 쪼매만 도와줍시 다. 이제는 할 수 있겠지요. 우리 한번 해보드라고요.

대한민국의 여성분들이여, 많이 기다렸지요. 이제 갑니다. 귀엽게 봐 주이소.

근데 어쩝니까. 다 늙은 남편이 경무 똘마니가 된 거 같은 디.

그래도 조아부러.

으~이이잉.

번외 3 (바다를 보자)

1. 나는 물이다. 그리고 당신도 물이다…

어떤 이들은 택시기사나 대리기사를 옛날 머슴쯤으로 여기는 사람이 있다. 한마디로 '물로 보는 경향'이 있는데 어떠한 사람도 자신을 물로 보는 사람에게 겉치레의 예조차 갖추고 싶지 않을 게다. 하지만 조금이라도 이해심이 깊은 기사라면 그래도 겉치레 인사쯤은 던진다. 자신을 물로 보는 그가 그래도 돈을 주니 고마워서가 아니라 그 당당함이 빈 깡통, 상처 많은 깡통의 전형이기에 더 측은한 마음이 들기 때문이다.

지구로 갑시다, 화성얼맙니까? 목성까지 10분이면 가죠? 정말 별로 보내버리고 싶다. 지구까지 부탁드리겠습니다, 목성까지는 얼마나 드리면 됩니까? 천왕성까지 10분 내로 갈 수 있을까요? 못가도 예뻐서 갑니다. 나보다 더 깊이 있는 말 한마디가 나를 이끄는 것이다. 사람이란 나보다 있어 보이는 사람에게 무례할 수가 없다. 깡통은 우리가 필요로 하는 돈을 가지고도 찬밥이지만, 이분들은 돈을 떠나 거부하기 힘든 카리스마로 안정까지 보장받아버린다. 깡통들아, 당신들이 그간 얼마나 무식을 자랑하였는지 아시겠는가.

우리는 흔히 타인을 '물'로 본다. 그리고 또 물로 보아야만 한다. 그래야만 이 험한 세상 꿋꿋하게 살아 갈 수 있고, 자괴심과 열등감으로부터 좀 더 자유로워질 수 있기 때문이다. 때문에 타인으로부터 돌아온 물에 대해서 강한 거부감을 보이며 '칼'을 간다. 이는 자신도 모르는 자기방어이고 살아 있다는, 살고 싶다는 반증이기도 하다. 하여 내가 결코 물이 아님을 입증하기 위해서 때론 무모함도 감수하기 일쑤다. 이렇게 하여 저질러진 사건들은 하나같이 적잖은 충격으로 우리를 가르친다. 하지만 우리는 이들이 주는 이면을 결코 배우지 아니한다. 오히려 이를 교묘히 이용할 뿐이다.

내가 지금 여기서 말하고자 함은 물로 파생된 잘잘못을 말하고자 함이 아니다. 파생상품은 이 시대의 지도자나 옆집

총각까지도 고래고래 밤낮없이 떠들어대니 나까지 그 소음의 데시벨을 높이고 싶진 않다. 다만 나는 오직 물 자체를 말하고 싶을 뿐이다. 나는 물이다. 그리고 당신도 물이다. 나는 말하고 싶다. 물이야 말로 우리네 인생을, 우리네 삶을 가장 잘 보여주고 있는 것이라고. 인생이 물같이 흐르는 것이 그렇고, 미지의 바다에서 낳아서 알만한 바다로 감이 그러하며, 때론 보잘것없이 사라짐이 그렇고, 때론 엄청난 세력을 동원해서 파괴함이 놀랍고, 때론 머리를 쓰다듬어줌과 희망됨이 그러하다. 내가 여기에서 말하고자 함은 우리는 모두 바다로 간다는 사실이며 우리가 택할 수 있는 건 어떻게 가는가이다. 흔적 없이 가기도 하고, 무리에 휩쓸려 순식간에 목적지에 도착하기도 하고, 어떤 이는 굽이굽이 돌고 돌아서 가기도 하고, 어떤 것은 흐르는 듯, 흐르지 않는 듯 굴곡 없는 생을 산다. 이처럼 우리네는 물과 같이 내가 택하여 나지 않았듯 목적지 또한 내가 선택하여 갈 수가 없다. 우리가 선택할 수 있는 건 바다로 가는 길이며 목적지에 당당히 들어갈 수 있는 상태를 만드는 것이다. 다시 말해서 바다로 감에 있어 어떤 길을 선택하여 가는가와 어떠한 과정을 거쳐 가는가 그리고 그 결과로 어떠한 상태로 목적지에 들어가느냐이다. 폐수가 되어 악취를 담고 가느냐, 아니면 깨끗한 물로 당당히 들어가느냐이다. 필자가 지금껏 정제되지 않은 어투와 졸필로 한껏 목소리를 높인 것 또한 필자가 그렇고 상당수 여러분이 그렇듯 정화되어야 할 물이기 때문이다. 우리는 무릇 한 그릇의 물과 같다. 다시 말해서 한 그릇의 물이 한쪽은 폐수요, 한쪽은 정수가 될 수 없다는 말이다. 고로 악취가 안 난다 하여 깨끗한 물이 아니듯, 우리는 정화되고 정화하여야 할 물이다.

나는 다시금 말하고 싶다. 우리는 한 그릇의 물이다. 한 그릇의 물이 1/5은 자식이 먹는 정수, 1/5은 배우자가 먹을 식수, 1/5은 가족들이 먹을 음료수, 1/5은 동료에게 줄 2급수, 1/5은 숨겨둔 애인과 야밤에 처먹을 폐수. 이 그릇의 물은 깨끗한 물입니까? 더러운 물입니까? 심한 말로 구정물 아닙니까? 우리가 이렇게 살아가고 있지 않습니까? 이것이 나와 당신의 모습 아닌가요? 이러고서 어찌 1/5은 정수라고 말할 수 있겠습니까? 이게 양심이 있는, 지식이 있는, 교양 있는, 예의를 아는, 세상을 아는, 양식을 아는, 자식을 사랑하는, 부모를 공경하는, 자신을 사랑하는, 자신을 사랑해 주기를 바라는 이의 입에서 나올 수 있는 말이냐 이 말입니다.

이곳에 등장한 상당수가 악취가 나는 물이지만, 이들은 정화될 필요성을 더욱 잘 알고 있다. 하지만, 하지만 악취가 나지 않는 우리는 어떠한가? 악취를 보고 손가락질하며 나는 저 정도는 아니라고 할 것이 아니라, 우리도 정화되고, 정화되어야만 한다는 필요성을 느껴야 한다는 것이며, 나도 충분히 저렇게 될 수 있음을 깨달아야 한다. 그들 또한 처음부터 악취였겠는가? 가랑비에 옷이 젖듯 그러하였고, 햇볕에 말릴 수 없다고 단정 짓거나 지은만큼 말리는 과정이 두려워 짜깁기하고 정수로 악취를 희석시키는데 급급하다. 짜깁기로 깨끗하게 보이게 할 수는 있어도 그 찜찜함과 그곳의 얼룩은 나의 가슴속에 더욱 선명히 있음을 알지 아니한가. 우리 더 이상 짜깁기하고 희석시켜 이 정도는 '괜찮지!' 하며 타협하지 말고 시간이 걸리고 땡볕의 고통이 있더라도 깨끗하게 세탁해서 멋들어지게 입고 당당히 갑시다. 남의 더러워진 옷도 빨아주고 어떠한 악취 나는 물도 그곳에 동화되지 않고 그들을 정화시킬 수 있는 깨끗한 물, 바다와 같은 내공을 가집시다.

필자는 다시 한번 말하고 싶습니다. 나는 물입니다 그리고 당신도 물입니다. 당신도 나도 한 그릇의 물입니다. 한 그릇에 있는 물입니다. 여기서 나는 당신에게 묻습니다. 사랑하는 님이여, 당신이 알만한 바다, 즉 가게 되는 바다는 과연 어떤 바다입니까? 어떤 바다로 향해 가시겠습니까? 나를 사랑하는 님이여! 이제 당신에게 나를 맡기려 합니다. 깨끗한 바다, 아름다운 바다로 이끌어 주옵소서.

2. 사랑하는 이에게

　이곳은 이 책을 다 읽으신 후 소중한 분에게 당신이 하고 픈 말을 하실 수 있도록 별도로 준비한 공간입니다.

　당신이 이곳에 얼마만큼 따뜻하고 진실한 마음을 담느냐에 따라 이 책이 아름다워질 수도, 상처가 될 수도 있을 것입니다. 부디 당신이 제가 다 하지 못한 부족한 부분까지 향기롭게 채워주셨으면 좋겠습니다.

사랑하는 이에게, 사랑스런 이에게.

_____

_____

_____

_____

_____

_____

_____

_____

_____

_____

_____

첨부파일 (고백)

1. 자만의 극치

끝인사로 하려 했던 이야기들인데 문득 교장선생님이 떠올라서 이렇게 고해성사를 합니다. 어릴 적 교장선생님은 뭐가 그리 할 말도 많으신지, '끝으로' 하고서도 다시 시작되는 레퍼토리에 온몸이 간질간질했던 추억이 끝인사는 짧게 하라고 가르쳐 주네요.

아마도 필자를 무척 말이 많은 사람쯤으로 비춰주었을지

도 모르나 지금까지 나의 일상은 침묵과 고독이 채우고 있었다. 하여 나를 둘러싼 이들은 심심과 따분 그 자체였을지 모르겠다. 세상에 하고픈 말을 어느 정도 쏟아 내버린 지금, 어느 정도 달라질지는 모르나 이제는 입을 열려고 노력할 것이다.

나는 조카 요석들에게 말한다. 가르쳐라, 삼촌처럼 내가 알고 있는 것은 남이 알아서는 안 된다고 생각하지 말고, 네가 아는 것은 모두 가르쳐주어라. 그러면 너의 자리가 위태로워질 수도 있을 것이나 네가 지금 알고 있는 것을 가르치는 순간, 그때야 비로소 너의 것이 될 것이다. 그리고 가르치는 순간 너는 다른 것을 보고, 다른 것을 배우고 익히게 될 것이기 때문에 그들은 너를 따라올 수가 없게 된다. 설사 그로 인해 너희가 뒤처지더라도 그것은 너로 인한 것이 아닌, 그가 너보다 뛰어나기 때문이다. 고로 네가 지식이라 생각하고 붙들고 있는 게 있다면 경쟁자에게, 친구에게 네가 알고 있는 노하우까지 모두 상세히 가르쳐주어라. 나는 세상 사람들이 보잘 것 없는 것으로 여기는 이러한 것들을 보물처럼 간직하고 살아왔다. 조카 요석들과 사랑스런 나의 아들에게 물려줄 수 있다면 그들에게는 남들도 알아주는 보물이 될 것이라 믿으며 소중히 간직해왔다. 유산으로 남겨두었던 것들을 내가 지금에 와서 이렇게 펼쳐 보이는 이유는 요석들이 가지고 갈지, 버릴지 모르기 때문이고, 무엇보다 당신이 **빼앗아갈** 수 없다는 것을 알았기 때문이다. 이유는 당신이 빼앗아갈 가치를 보지 못하기 때문이고, 지금의 내 것이 지금까지의 침묵과 고독에서 탄생하였는데 하루아침에 당신의 것으로 만들 수 없다는 것을 알았기 때문이다. 나만큼의 시간과 고뇌가 있어야 이를 당신의 것으로 만들 수 있고, 당신의 그러한 시간이면 요석들에게도 충분한 시간이 된다는 걸 계산했기 때문이다. 경무가 너무 자만한가요.

2. 길치 극복기

또 한 가지 고백할 것이 있다. 눈치 빠른 사람은 알았겠지만 나는 대리운전 일을 하기엔 결정적인 아킬레스건이 있다. 바로 길치에 가깝다는 사실이다. 그런데 아이러니하게도 내가 길치였기에 이 책이 탄생할 수 있었다는 점이다. 입이 가볍지 아니한 내가 여러 악조건을 감내하며 술 취한 이들에게 질문을 하고, 말을 이끌어 내야만 했던 이유가 그들의 목적지를 핸들을 잡은 내가 찾아갈 수 없기 때문이었던 것이다. 다시 말해서 그들이 알려주지 않으면 찾아갈 수 없기 때문에, 그들이 잠들지 않게 하기 위해서였다. 하여 나는 그들을 최대한 자연스럽게(거부감 없이) 인간 내비게이션으로 만들어야만 했던 것이다. 그러다 보니 이런저런 이야기를 해야 했고, 무엇보다 그들이 집중할 수 있는 그들의 당면한 이슈들을 찾아야 했다. 지금 뒤돌아보는 나로서는 정말 웃기는 이야기지만, 한편으론 피곤하고 후회막급일 수도 있는 그들을 생각하면 미안한 마음도 있고 고마운 마음도 있다. 지금에 와서 길안내를 잘해주신 그분들에게 감사를 표한다. 그리고 그분들의 이야기를 나쁜 곳에 쓰지 않고, 많은 이들에게 거울이 되어 주심에 감사드린다. 거울에 비친 우리들의 모습이 아름답기만을 바라며….

3. 팁(Tip)

대리운전 일을 하면서 동종에 종사하는 이들을 많이 만나게 된다. 때론 적군이 되고, 때론 아군이 되는 요상한 관계다. 일을 하는 순간은 적이었다가 택시를 탈 땐 이런 아군도 없다. 이들의 이야기를 간간이 듣다보면 화가 치민 적도 적지 않다. 나는 일도 못하고 돈도 못 벌었는데, 어느 놈은 '팁을 얼마 받았네' 라고 좋아한다. 별로 부럽진 않으나 너무나 일을 못하고 있을 땐 정말 한대 쥐어박고 싶을 정도니, 그리고 보면 나도 아직 한참 멀었다.

어느 날이었다. 항상 팁을 주는 사람으로 알려진 분을 모셨다. 나도 그분을 알기에 자연스럽게 그 양반 집으로 운행을 하였다. 그런데 그날 나는 그분으로부터 팁을 받지 못했다. 뒤돌아서서 생각했다. 왜 안줬을까? 특별히 기분 나쁘게 한 것도 없고, 그분 또한 평상시와 다름없었는데 이유를 알지 못했다.

그러던 어느 날 나는 나를 보게 되었다. 내가 그 사람이라면 나는 팁을 줄 수 있겠는가? 세상살이를 말하고, 인간됨을 말하고, 고민을 들어주고, 조언을 해주는 나와 같은 이를 만난다면 나는 그들에게 고마움으로 지갑을 열 수 있을까? 결코 열어 보이기 쉽지 않을 것이다. 세상의 사람들처럼 돈으로 접근하기 곤란할 것이다. 이를 깨닫고 나서 나는 팁에서 완전히 자유로워질 수 있었다. 그리고 알았다. 그들은 무엇과도 바꿀 수 없는 이 책을 선물해 주었다는 것을. 이게 무엇과도 비교할 수 없는 내가 받은 최고의 팁이요, 가장 큰 선물인 것을.

4. 대리인생

대리운전 일을 시작하고 몇 개월가량 지났을 때였을 것이다. 어느 날 손님의 차를 목적지에 세우고 돈을 움켜쥐고 걷는데 알 수 없는, 인지하지 아니한 눈물이 목젖까지 순식간에 차올랐다. 목젖 주변으로 커다란 가시가, 아니 잔가시들이 수없이 박힌 듯한 이것들은 무엇일까. 몇 개월 동안 열심히 찾은 결과 성가시게 했던 가시의 성분은 알아냈지만, 제거하지 못했다. 우리는 어쩌면 지금 내가 하고 있는 이 일처럼 우리네 삶이 '대리인생'은 아닐까. 내가 비로소 인지한 목젖에 가시는 이렇게 한참동안이나 주리를 틀고 앉아, 침을 삼키고 음식을 넘기는데 고통이라는 것을 주었다. 얼마나 쓰라리고 아팠는지 모른다. 마음껏 목을 놓아도 보고 다른 이들을 보며 나도 인식하지 못했으면, 의식하지 않을 수 있었으면, 어떤 분들처럼 초월하고 제거할 수 있었으면. 한심, 한탄, 위안 등등을 거듭하다가 이런 생각을 해보았다.

고통이라는 것은 인지하는 이들의 몫으로 그만큼의 보상을 전제한다. 다시 말해서 고통이 크고 길다는 것은 최소한 그만큼의 보답이, 기쁨이, 보람이 있음을 의미하기도 한다. 지금도 나는 아직 가시를 다 제거하지 못했다. 어쩌면 나로 인해 당신도 가시를 인지하게 되었는지도 모르겠다.

당신이 고통을 감지하였다 하여 저를 원망하지 마십시오. 당신의 가시는 이미 있었고, 이제야 당신이 인지한 것에 불과할 뿐이며 오히려 늦지 않게 발견함을 감사하십시오. 그렇다면 당신의 가시는 어떻게 제거하시겠습니까? 경무가 제공했으니 해법도 알려줄 거라고요. 이젠 공짜에 너무 익숙한 거 아닌가요. 아주 날로 드시려고 하네요. 그래도 드릴 수 있었으면 얼마나 좋겠습니까. 애석하게 저도 아직 환자라서 경험담이라도 알려드리고 싶지만 드릴수가 없네요. 다만 분명한 것은 이 세상 그 어느 누구도 당신의 가시를 대신 제거할 수는 없습니다. 다시 말해서 오직 당신만이 제거할 수 있으며, 제거하지 못한다면 우리가 가늠할 수 없을 만큼의 확률로 태어난 당신의 삶이 대리인생이 되고, 상상할 수 없을 만큼의 고통이 있다는 점입니다. 이는 당신의 무관심과 방치와 무지와 타협이 만들어낸 산물입니다. 비록 대리인생을 살았다 하더라도 말입니다.

뒤풀이

1. 대리운전에 대해

많은 사람들이 활성화되어 있는 지금의 대리운전에 대해 보다 정확한 정보를 알고 싶어 할 것이다.

그간 우리는 인터넷이나 방송매체를 통해 이런저런 이야기를 들어왔다. 그래서 필자는 기존의 매체에서 다루지는 않았지만, 가장 궁금해 하는 부분과 우선의 과제들을 다루고자 한다.

가장 궁금한 점은 지금의 대리운전 비용은 시외로 나갈

경우 택시요금보다 저렴한 경우가 많다. 이처럼 저렴한 가격인데도 돈이 되는 이유는 무엇이며, 이들은 택시비도 안 되는 요금을 받아서 어떻게 되돌아갈까? 흔하게 질문을 받고 많은 사람들이 궁금해 한다. 필자는 대리운전을 하면서 이러한 질문의 반은 실상을 숨기는 답을 해왔던 게 사실이다. 이유는 정황상의 이유도 있고, 손님을 배려한 측면도 있지만 현실적으로 직답을 하기엔 찜찜한 부분이 없지 않기 때문이었다. 지금에 와서 필자가 그 실상을 말하려는 이유는 최근 들어 각종 매체에서 이슈가 되고 있는 중대범죄자의 직업이 대리기사로 알려지면서 필자가 들어도 범죄자들의 아지트인 양 비춰지는 게 서글펐다고 해야 할 것이다. 아무튼 그 실상을 알리지 않고서는 대책을 강구할 수 없기에 이 기회에 이를 알려 개선되었으면 하는 마음에 욕먹을 각오를 했다고 할 수 있다. 박수 쳐줄 당신의 후광을 너무 믿어 나온 배짱이랄 수도 있을 것이다. 하여튼 지금 하지 않으면 또 다른 문제가 발생한 후에도 이해득실만 따지는 입법기관의 꼴에 면죄부를 주는 유구무언의 태도를 취하고 싶지 않아서 인지도 모르겠다.

그러면 가장 궁금해 하는 지금의 대리운전비가 택시요금보다 저렴한 이유와 돈이 되는 비결을 통해 우선 과제가 무엇인지 생각해 보자.

택시요금보다 저렴하게 된 데에 대해서는 흔히들 공급이

많아서라고 하고, 또 어떤 이는 특정지역을 순회하는 셔틀 때문이라고들 한다. 틀린 이야기는 아닐 것이나 근본적인 이유는 시스템구축에 있다. 지금처럼 대리운전이 활성화되고 발전한 데에는 휴대폰과 컴퓨터가 일반화되지 않았더라면 불가능했을 일이다. 그리고 초기에 적절한 법을 만들었다면 지금의 모습은 아닐 것이다.

초창기 대리운전은 부유층만이 이용하는 수단이었다. 기본이 택시요금의 두 배, 경우에 따라 서너 배를 넘나들었다. 물론 지금도 특정지역엔 존재한다. 이때의 대리기사의 복귀수단은 택시와 '뒷방(픽업차량)' 뿐이었다. 하여 기사 두 사람이 이동하다 보니 기름 값과 두 사람의 인건비를 계산하는 형태였다. 이러다가 위험과 벌금 대비 그래도 대리운전을 하는 것이 저렴하다고 인식되면서 중산층으로까지 이용자가 늘어나게 되었다. 갑자기 수요가 많아지면 가격이 오르는 게 정상이나, 특성상 반대의 그래프가 형성된 것이다. 특성이란 기사가 A지역에서 B지역으로 일을 나가서 다시 A지역으로 이동하려고 보니 B지역에서 A지역으로 오려는 손님 또한 많다는 것을 알게 된 것이다. 그리하여 택시비 들여서 되돌아 올 것을 돈 만 원이라도 벌면서 오기 때문에 일차 수익에서 50~60% 공제하던 것을 일차 수익 플러스 50% 이상이 되니 수익은 배가(倍加)되는 것이다. 하여 최초 A지역에서 B지역으로 이동할 때 이를 감안하여 20~30% 다운시키다 보니 택시요금의 1.5배 수준까지 떨어지게 되고, 일정기간 이러한 요금이 유지되다가 수요가 많은 만큼 공급도 많아지는 상황을 맞이했다. 그리하여 경쟁은 치열해지고 업체 또한 비대해진 만큼 선발 대리업체에서는 효율적인 관리와 오더 창출이라는 압박을 받게 되었다. 그리하여 A지역과 B지역이 협력하게 되고, 이 과정에서 일종의 '밥그릇싸움'이 시작되어 연합은 깨어지고, 이용자들은 A지역 기사든 B지역 기사든 저렴한 가격에 이동할 것을 요구하게 되었다. 따라서 그 피해는 당연히 기사에게 돌아가게 된 것이다. A·B지역이 연합했을 당시의 정보와 노하우를 바탕으로 해당지역의 취약부분을 공략하게 되고, 이러한 과정에서 무전기를 거쳐 생겨난 것이 컴퓨터 프로그램이다. 프로그램을 활용해 효율적으로 관리하면서도 수익을 창출해내기 위해서는 홍보가 필수요소가 되었고, 홍보는 기존의 틀을 깨는 대충매체를 통해 가격파격의 박리다매(薄利多賣)식의 승부수를 띄웠다. 예상은 적중하여 오더가 넘쳐나고 많은 기사들이 집중되나, 일정시간이 지나자 기사의 입장에선 내부적으로도 상대적으로 치열한 경쟁을 하게 되어 수입이 그다지 크지 않다는 걸 알게 되었다. 이를 간파한 후발업체에서 독자 프로그램을 개발하여 이들 기사들을 보다 좋은 조건으로 흡수하고, 일부에서는 아예 수익의 일부를 배분하는 형태를 보이면서 선발대를 압박하는 단계에까지 접어들었다. 이렇게 하여 가격은 더욱 다운되고, 수요는 한계에 부딪혀 기사들은 B지역에서 A지역으로 이동하는 것조차 힘들어지는 상황이 되고야 말았다. 급기야 선발업체들이 기득권을 버리고 프로그램을 축으로 각 지역이 연합하게 되었다. 이 결과 현재 수도권의 경우 4~5개의 프로그램을 축으로 네트워크되었고 이마저도 서로 공유하는 단계에까지 접어들어 이용자들은 어디에서든 그리 오랜 시간을 기다리지 않아도 되는 현재의 모습이 된 것이다. 이 상황, 즉 B지역에서 A지역으로 이동(복귀)하는 것조차 힘들어지는 이 상황을 간파하여 생겨난 것이 버스요금보다는 비싸고, 택시요금보다는 훨씬 저렴한 셔틀이 생겨났다. 이렇게 생겨난 셔틀은 기사들이 많은 곳을 기점으로 자연스레 조직화 단계로 발전하기에 이르렀다. 그리하여 기사의 주요 이동수단이 되고, 현재의 대리요금으로도 일정부분 수입을 유지할 수 있게 하는 요소가 된 것이다.

이렇게 대리운전기사들은 땅거미가 지면 생활권 내 주변 도시들을 전전하며 다람쥐가 도토리를 줍듯 주변의 곱지 않은 시선과 열악한 상황에서도 대부분 택시비를 아끼고 발품 팔아 한 푼, 두 푼 모으는 성실한 기사들이다. 그럼에도 불구하고 최근 이곳에서 파생된 일부의 성매매나 절도, 강력범죄

로 인해 이들의 삶의 노력과 땀방울은 외면 받고 매도되는 꼴
이 되고 있다.

　이처럼 불미스런 문제는 어쩌면 조직이 비대해진 데서 오
는 자연스런 현상인지도 모른다. 다시 말해서 조직 대비 위험
자의 수는 여타 조직에 비해 많을 수 있으나, 종사자 대비 극
히 일부라는 이야기이다. 문제는 현재 대리운전의 경우 누구
나 운전면허증만 있으면 접속이 가능하다는데 있다. 최소한
의 여과장치는 물론이거니와 사후 자료마저도 필요로 하지
아니하는 제도에 더 큰 문제가 있다는 이야기이다. 현재 대리
운전과 같이 제도권 밖의 조직이 비대해지면서 자연스레 부
적절한 이들까지 여과 없이 흡수되다 보니 범죄자의 은둔처
처럼 보이는 것은 당연한 것인지도 모른다.

　물론 법이 만들어진다 하여도 여타 조직에 비해 특성상
이러한 범죄의 확률은 항상 높게 내재하고 있을 것이다. 하지
만 제도권 안에 있는 것과 밖에 있는 것의 차이는 누구보다
입법기관에서 잘 알고 있을 것이다. 필자는 여기서 이를 잘
알고 있는 입법기관에 묻지 않을 수 없다.

　각종의 이해득실이 얽혀 있어 어느 법이든 새로이 제정한
다는 것은 그리 쉬운 일은 아닐 것이다. 그러나 이미 상당한
조직이 되어버린 직종에 대해 법을 제정하지 아니하고 묵과
하는 것은 불법과 범법자를 양산하는 행위이며, 명백한 직무

유기라는 사실을 명심해주기 바란다. 지금의 대리운전 또한 상당한 조직이 되었고, 직업화되었음에도 불구하고 제도를 만들지 않아 기사도 피해자이자 범법자가 되고, 이용자도 위험을 감수는 꼴을 언제까지 방관하고만 있을 것인지 묻지 않을 수 없다. 하루빨리 머리를 맞대고 본연의 임무에 보다 충실히 하는 모습을 기대해 본다.

2. 1 & 99

여기서 대리운전을 이용하는 사람들 가운데 특별한 사람들의 이야기를 필자의 경험만을 토대로 다수와 소수로 구성해 보았다.

1. 목적지를 알려주고 잠이 든 손님을 도착지에서 깨우면?

- 다수 : "빨리 오셨네요. 편안하게 잘 왔습니다. 고맙습니다"라고 인사를 건넨다.
- 극소수 : (목소리를 높이며 시비 걸듯) "당신이 우리 집을 어떻게 알고 왔어." 띠~용.

2. 잠이 든 손님을 목적지 근처에 왔다고 판단하여 깨워서 방향을

물으면?

- 다수 : "직진이요. 조금 더 가세요." 대문 앞에서도 직진이라고 말을 한다(3번 이상 직진이 나오면 목적지와 이미 멀어졌음을 의미한다).
- 극소수(남 1) : 좌회전, 우회전 잘 간다. 주차까지 부탁하고 내리고서 하는 말 "죄송합니다. 이사 간 집으로 왔네요." 띠~용.
- 극소수(남 2) : (부인한테 전화해서) "자기야, 나 집 근천데 우리 집 어디야?" 띠~용.
- 여자 : 좌회전, 우회전 열심히 내비게이션 역할을 잘하더니 갑자기 욕이 튀어나온다. "미친년." 이내 깔깔대며 웃는다. 자학하고, 웃고, 머리를 쥐어박으면서도 좋단다. 그러면서 하는 말 "지송합니다. 이사했는데." 띠~용. 여자는 취해서도 울 것은 울고, 웃을 건 웃고 할 건 다 한다. 희한하다.

3. 도착해서 키를 받으며 "기사님은 어떻게 가시나?" 걱정하면서

- 다수 : 마음으로 걱정해 준다.
- 극소수 1 : 대리비 이만 원에 택시타고 가라며 삼만 원을 준다.
- 극소수 2 : 만류에도 불구하고 잠들어 있는 부인을 불러 큰길까지 태워다 준다. 고마움에 눈물이 날 정도다.

4. 성남, 아니죠? 분당, 맞습니다!

- 다수 : 죽었다 깨어나도 분당은 분당, 일산은 일산, 평촌은 평촌이다.
- 극소수 1 : 분당은 성남, 일산은 고양, 평촌은 안양.
  - 일산에서 성남을 가려는데 남자 왈 "성남까지 얼마에요?", 여자 왈 (갑자기 가로채며) "성남 아니야. 분당이야." 띠~용.

5. 집에 도착했으나 손님이 일어나지 못해 부인을 부른 경우 부인의 반응은?

- 다수 : 어떻게든 집안에서 편히 재우려고 도움까지 요청한다.
- 극소수 : "그냥 두세요" 하며 차문만 잠그고 올라간다. 띠~용.

6. 차주는 누구일까?

- 다수 : 자신의 차를 택시로 착각한다.
- 극소수 : 자신의 차가 아니라며 키를 받지 않는다.

7. 운임을 다음날 입금시키기로 약속하고 운행한 경우

- 다수 : 다음날 입금시키고 고마웠다는 문자까지 보내준다.
- 소수 : 2~3일이 지나도 입금되지 않아 전화하면 모르는 일이라고 전화를 끊거나 알았다고 하고, 입금은 되지 않는다.

3. 대리운전 이용시 불미스런 일을 예방하는 길

1. 술자리의 연장으로 생각하라.

2. 기사의 전화번호를 확보하라 (명함을 받아라).

3. 목적지를 기사가 모르는 곳이라도 정확히 알려라.

4. 기사와 함께 있을 때 도착지에 출발하였음을 알려라.

5. 돈이나 기타 분실 우려가 있는 것은 가급적 노출시키지 마라 (견물생심).

6. 출발 후 운전에 대해서 간섭을 삼가라.

7. 비용은 도착해서 지불하라.

8. 반말을 삼가라.

9. 가급적 주차까지 의뢰하라.

10. 단골을 두되, 연연하지 마라.

11. 근거리는 지역기사를 이용하라.

12. 주차 후 잠금장치가 되어있는지 확인하라.

13. 적정한 요금은 깎지 않는 게 현명하다.

14. 대리기사가 자신의 집을 알 거라고 생각하지 마라.

15. 대리기사는 내가 필요해서 의뢰하였음을 잊지 마라.

4. 좋은 대리기사가 되는 길

1. 손님을 가리지 마라.

2. 손님은 항상 음주상태임을 잊지 마라.

3. 처가(妻家) 부모님을 모셨다고 생각하고 운행하라.

4. 차량 내부를 보지마라(견물생심).

5. 아무리 나이가 어려도 반말을 하지 마라.

6. 운전에 자신을 갖되, 자만하면 끝임을 명심하라.

7. 단골을 만들되, 손수 운전은 최소화하라.

8. '길치'임을 자임하라.

9. 시간에 쫓기지 말며 주차까지가 본분임을 잊지 마라.

10. 손님을 항상 오늘 처음 운행하고 '내일부터 단골이다'라고 생각하라.

11. 대화 상대가 되어주되, 쉬이 동조하거나 반론하지 마라(특히 정치 이야기는 반응하지 마라).

12. 항상 보험증과 영수증을 지참하라.

13. 팁을 염두에 두지 마라.

14. 손님과 계단을 오를 때는 여자라도 항상 뒤에 서라.

15. 돌아서면 잊으라.

5. 머니 법칙(대리운전비란?)

1. 술값과 도우미 값은 작다.

   – 그러나 5천원 비싼 대리비는 커도 너무 크다.

2. 벌금 100만 원은 작다.

   – 그러나 대리비 2만 원은 크다.

3. 웃음주고 기쁨주는(?) 화대(花代)는 싸다.

   – 그러나 안전장비인 대리비 2만 원은 너무 비싸다.

4. 골프비용은 투자다.

   – 그러나 대리비는 안 내도 되는 세금이다.

5. 2~3천만 원짜리 차(車)값은 절대 깎지 않는다.

   – 그러나 대리비는 콩나물 값 깎듯 천원이라도 깎는다.

6. 불륜의 비용은 얼마든 상관없다.

   – 그러나 대리비는 어떤 상황에서도 아깝다.

7. 대리비 5천원의 차이는 크다.

   – 그러나 대리비 2만 원의 차이는 작다.

8. 대리비와 세금은 항상 비싸다.

– 이상 경무 생각 –

맺음말

　'반갑습니다' 라는 어색한 인사를 드리고 무례하게 이런저런 많은 얘기들을 늘어놓았음에도 막상 돌아서려하니 곳곳에 아쉬움이, 그리고 그려내지 못하고 그리지 아니한 이면들까지 발길을 머뭇거리게 만들지만, 저보다 여러분이 더욱 훌륭하게 마무리 지을 거라 믿으며 연필을 내려놓고자 합니다.

　먼저 책을 읽는 동안 많은 부분에서 충돌이 생기고 힘드셨을지도 모르겠습니다. 그럼에도 불구하고 끝까지 읽어 주신데 대해 진심으로 감사를 드립니다. 저는 이 책을 통해서 그간 내가 잃어버린 듯한 무엇이 내 안에 더욱 견고히 자리하고 있음을 느낄 수 있었던 소중한 시간이었습니다.

　끝인사를 짧게 하기 위해서 본문으로 상당부분 이동시켰음에도 최소한의 예의라고 할까요. 그런 게 조금은 길어지게 하네요. 짧게 해보겠습니다. 간지러워도 조금만 참으세요. 한때 '밥상 멘트'가 유행하였죠. 저도 무능한 관계로 일명 패러디하였습니다. 맺음말까지 왔다는 것은 이런 의미가 있다고 봅니다. 시작합니다.

아무것도 모르는 여자아이가 멋모르고 시집이라고 와서 처음으로 식구들에게 밥을 지어 올렸습니다. 어떤 것은 짜고, 어떤 것은 너무 맵고 또 어떤 것은 매우 싱거웠을 것이나, 땀과 정성과 사랑의 제 마음을 보다 높게 보시고 끝까지 맛있게 드셔주신 님에게 진심으로 감사를 드립니다. 고맙습니다.